A Bíblia segundo Beliel

Flávio Aguiar

A Bíblia segundo Beliel

da Criação ao Fim do Mundo:
como tudo de fato aconteceu e vai acontecer

Ilustrações
Ricardo Bezerra

Copyright © Boitempo Editorial, 2012
Copyright © Flávio Aguiar, 2012

Coordenação editorial
Ivana Jinkings
Editora-adjunta
Bibiana Leme
Assistência editorial
Livia Campos
Capa
Sergio Romagnolo
(arte-final de Antonio Kehl)
Ilustrações originais da capa e do miolo
Ricardo Bezerra
Diagramação
Antonio Kehl
Produção
Livia Campos

CIP-BRASIL. CATALOGAÇÃO-NA-FONTE
SINDICATO NACIONAL DOS EDITORES DE LIVROS, RJ

A229b

Aguiar, Flávio, 1947-
A Bíblia segundo Beliel : da criação ao fim do mundo : como tudo de fato aconteceu e vai acontecer / Flávio Aguiar . - São Paulo : Boitempo, 2012.

ISBN 978-85-7559-297-7

1. Religião e Literatura. I. Título.

12-7741.	CDD: 261.58
	CDU: 2-29
23.10.12 30.10.12	040134

É vedada a reprodução de qualquer
parte deste livro sem a expressa autorização da editora.

Este livro atende às normas do acordo ortográfico em vigor desde janeiro de 2009.

1ª edição: novembro de 2012

BOITEMPO EDITORIAL
Jinkings Editores Associados Ltda.
Rua Pereira Leite, 373
05442-000 São Paulo SP
Tel./fax: (11) 3875-7250 / 3872-6869
editor@boitempoeditorial.com.br
www.boitempoeditorial.com.br

SUMÁRIO

11	Livro da criação
19	Do lunário de Caim
31	O ramo de oliveira
41	Livro das sibilas
51	Relatório do querubim Ezaziel
59	Livro de Zebolim, o Escriba
71	O escravo de Jó
81	O Evangelho segundo Mercadeus
91	Livro de Misgodeu, o Abominável
99	Livro de Beliel, o Ridículo
113	Comentários finais
115	*Glossário de citações e referências*
119	*Sobre o autor*

Quando Jesus, meigamente
solitário,
lá no cimo do Calvário,
os seus olhos, indulgente,
erguia
aos céus,
quanta dor, quanta poesia,
a penar,
nos seus olhos luz-luzia,
a meditar!
Não era a dor de não ter
esse poder
de remir
a humanidade
da eterna atrocidade
do sofrer!
Era, sim, a crúcea pena
de sentir por Madalena
o coração desfalecer...

Catullo da Paixão Cearense (letra) e Pedro Alcântara (música),
em Ontem ao Luar.

Sous les forces de l'amour, ce sont les fragments du Monde qui se recherchent pour que le Monde arrive...

[Guiados pelas forças do amor, os fragmentos do mundo procuram-se uns aos outros para que o mundo possa vir a ser...]

Pe. Pierre Teilhard de Chardin, S. J., *em* O fenômeno humano

LIVRO DA CRIAÇÃO

Partejou Jeová da escuridão o mundo, depois o Paraíso, que engastalhou naquele como se umbigo fosse.
Até porque, em relação ao mundo, o Paraíso tinha a dimensão de um umbigo. Menos: da cabeça de um alfinete. E dos bem pequenos.
Foi assim que Adão, o primeiro homem (que não sabia que era um homem), percebeu o Paraíso, logo que Jeová o levantou do pó e do cuspe com que o molhou. Adão se ergueu, levantando uma nuvem de poeira, porque o cuspe de Jeová fora pouco, apenas o suficiente para criar algo do tamanho de um corpo humano. E o mundo era pequeno. O seu mundo, porque outro não haveria.
O Paraíso de Adão era um oásis. Nada menos, mas nada mais do que um oásis.
Adão levou o equivalente a alguns minutos (mas na época não havia minutos, o tempo era uma correia contínua) para percorrê-lo todo. Não o percorreu de ponta a ponta, porque nem pontas o mundo tinha. Era um circulinho verdejante rodeado por um oceano de areia.
Quando Jeová apareceu-lhe, Tonitruante como sempre, com Sua Voz de barítono entusiasmado, e lhe deu a tarefa de nomear todos os bichos da Criação, Adão atendeu prontamente.
Aquilo lhe tomou uns poucos instantes, não muitos. Afinal, o que havia a nomear? Umas quantas lagartas, as ratazanas e os

insetos... Ah sim, os insetos deram algum trabalho. Não porque fossem muitos, mas porque se escondiam debaixo das folhas e das pedras. Assim mesmo Adão logo nomeou aquele bando de mosquitos, moscas e mutucas, além de algumas aranhas e escorpiões inofensivos. Porque no Paraíso não havia veneno. E foi tudo.

Mais adiante, Adão pôs-se a nomear também os arbustos e as palmeiras. Aí houve um atrito com Jeová, o primeiro de uma longa série com a humanidade inteira. Porque Adão se aproximou de uma palmeira mais alta do que as outras, no meio do Paraíso, numa ilhota no centro do laguinho que sustentava tudo aquilo. Na verdade, na ilhota havia duas palmeiras, mas uma era mais alta do que a outra, e foi por essa que Adão se interessou.

– Não ouse! Gritou Jeová, com Sua Voz de trombeta rouca. Essas árvores já têm nome. A mais baixa chama-se Árvore da Vida. A outra, bem... É uma Palmeira Real. E das suas bagas não comerás! São as bagas da Ciência do Bem e do Mal. Coisa que não foi feita para ti, reles mortal. Quer dizer, homem. Porque ainda és imortal. Desculpe pelo ainda. É que Eu sei de umas coisas... Bem, vais ficar sabendo.

Foi assim que Adão ficou sabendo, na verdade, que era um homem. Mas ainda não entendeu muito bem o que era isso.

Ousou um comentário:

– Glorioso Jeová, como poderei eu comer dessas bagas, se não sinto fome nem sede? Assim me fizestes, assim fizestes o Paraíso. Aqui o tempo não passa, embora eu não saiba muito bem o que isso quer dizer. Não Vos preocupeis. Nada vai acontecer, porque aqui, no Paraíso, nada se passa. Nada se perde, nada se cria, tudo se conserva. Ou se transforma.

Jeová ponderou que Adão não era burro. Conhecia já a futura Química de Lavoisier. Mas para reafirmar Sua Autoridade, voltou a falar, com Sua Voz de alto-falante:

– Olha, Adão, Minha criatura, aquela outra palmeira, a mais baixa, bem ali no meio da ilhota que fica no meio do laguinho. Aquela é a Árvore da Vida. Toma nota, quando tiveres uma pedra para escrever e uma talhadeira: essa árvore é Meu maior dom para ti. Porque por ela aqui retornarás, ao fim dos tempos, muito depois que Meu Filho te libertar.

Adão não tinha a menor ideia do que eram coisas como escrever e talhadeira, embora de pedra ele tivesse alguma. Mas resolveu não discutir: Jeová era mesmo cheio de maiúsculas, não convinha discutir, era abaixar as orelhas e ir mudando de assunto. Disse, então, para não começar uma disputa:
– OK.
Jeová considerou aquilo uma quebra de protocolo, mas perdoou. Afinal, Adão era um mero homem, embora criado à Sua Imagem. Retirou-se, numa nuvem de relâmpagos e outros efeitos especiais, com a *Cavalgada das Valquírias* tocando a todo vapor.
Adão ali ficou, entregue ao Paraíso. E ficou. E ficou. E... foi ficando.
No Paraíso, nem os segundos passavam. Era sempre domingo. Adão se divertia esfiapando folhas de palmeira. Contando insetos para ficar com sono. Às vezes, ao acordar, ia até a fímbria do Paraíso. Lá, tomava um pouco de areia nas mãos em concha e deixava aquilo poroso escorrer por entre os dedos. E se perguntava:
– Será isso o tempo?
A seguir, percorria o perímetro do Paraíso, o que, naquele oásis, lhe tomava uns quantos momentos, não mais. E lhe vinha outra pergunta:
– Será isso o espaço?
E no passar das claridades e escuridões (ninguém ainda inventara as horas) Adão se entediava. Depois de contar interminavelmente as folhas das palmeiras, começou a contar grãos de areia. Nessa altura o arcanjo Gabriel, que de vez em quando vinha dar uma espiada, resolveu levar o caso a Jeová, Que ficou preocupado.
– Preciso fazer algo, Ele disse a Gabriel.
E fez. Esperou que Adão adormecesse, e praticou a primeira cirurgia da história ocidental. Extraiu do peito de Adão uma costela a mais que ali pusera *just in case* e, a partir dela, moldou uma mulher.
– Agora ele vai ter com que se ocupar, exclamou Jeová num tom vingativo, que Gabriel não entendeu.
E deixou-a adormecida, sem mais nem menos, inteiramente pelada, ao lado de Adão, que também se encontrava em estado de

peladez, embora não soubesse o que era isso, já que outro estado não conhecera.
Os dois se acordaram quase no mesmo berro de susto, surpresa e medo. Num jato puseram-se de pé e já se voltavam para fugir, quando o arcanjo Gabriel interferiu e fez as apresentações.
— Eva, este é Adão, seu marido. Adão, esta é Eva, a primeira mulher.
Adão, que, como Jeová já dissera, não era burro, percebeu a diferença, e perguntou:
— Por que a primeira? Haverá outras para mim?
Gabriel limitou-se a dizer que nada sabia, que as coisas viriam com o tempo.
— Tempo? O que é isso?, perguntou Eva, enquanto Adão apenas abria a boca, espantado.
— O tempo virá com o tempo, respondeu Gabriel, que era dado a charadas.
E os dois já estavam embevecidos um pelo outro. Admiravam-se à primeira vista, mas ainda não sabiam disso. Aliás, Eva, a recém--chegada, não sabia nada. E foi logo perguntando:
— O que é isso?, e apontou para uma palmeira.
— Uma palmeira, respondeu Adão.
— E isso?, apontando um rato que passava.
— Um rato, respondeu Adão.
Duas claridades e duas escuridões depois, Eva perguntara a Adão sobre praticamente tudo o que havia para perguntar, e Adão já estava com a boca seca de tanto responder. Por isso ele se debruçou naquele laguinho no meio do Paraíso e bebeu à farta, embora não sentisse sede. Bebeu tanto que se embriagou de água, e dormiu em plena luz.
Foi quando Eva reparou naquelas duas árvores na ilhota, no meio do laguinho. Sobre elas não perguntara. Atravessou a metade do laguinho a pé (ele não era fundo) e pôs-se a examiná-las.
Logo no alto da Palmeira Real ouviu o ruflar de alguma coisa. Olhou para cima e, nossa!, viu uma cobra com duas asinhas e cabeça de mulher. E a cobra tinha uns arremedos de perninhas de cada lado. Tinha a cabeça bonita, cabelos compridos, negros

e sedosos como os de Iracema, a Virgem dos Lábios de Mel (Perdoe, caro leitor, a intrusão de uma história na outra). E uns peitos dignos da Jayne Mansfield (outra intrusão, para quem lembrar).
— Quem és?, perguntou a insaciável Eva.
— Sou Lilith, a primeira mulher de Adão, foi a resposta.
— Como assim?, retrucou Eva. Ele me disse que eu sou a sua primeira mulher, e a primeira mulher no mundo! E o Gabriel também!
— Ah, os homens... Ele me esqueceu, o danado. Gabriel e Jeová também. Mas, diante de sua beleza, isso não me surpreende... Vosmecê é de enlouquecer um anjo! Ouça, eu fui a primeira mulher de Adão. Jeová, o Todo-Poderoso, que te criou de uma costela do Adão, me criou junto com ele, do mesmo pó e com o mesmo cuspe. Mas Jeová ainda não estava bem treinado, por isso eu saí assim, uma mistura, com asas, pele de cobra recobrindo minhas pernas e cabeça que nem a tua, voadora. Jeová ficou tão convencido com a criação de Adão que me esqueceu, no meio da nuvem de poeira que subiu quando ele se pôs de pé. Enfim, eu sou Lilith, a esquecida, mas por isso mesmo para sempre lembrada...

Eva se embasbacou. Aquela... aquela coisa tinha palavras sedosas e falava de coisas que ela nunca suspeitara, nem Adão lhe falara. Mas o que ela não percebeu foi a ponta de raiva e ciúme que ressoava nas palavras de Lilith. Perguntou:
— Como sabes de tantas coisas?
— Ah, disse Lilith, é que eu fiquei vivendo aqui no alto dessa Palmeira Real, e comendo dessas bagas, que me dão sabedoria. Se comeres uma delas, ficarás tão sabida quanto eu...
— Eu quero!, exclamou Eva. E me dá uma para Adão também, eu quero que ele fique tão sabido quanto eu!
— Toma, disse Lilith, alcançando-lhas (no Paraíso a linguagem era preciosa).

Mais que rápida, Eva engoliu uma, atravessou correndo o laguinho e sacudiu Adão, que, estremunhado, viu aquela baga que Eva lhe oferecia e, sem perguntar o que era, comeu-a.

Foi a conta. O caguetão do Gabriel, que ficava sempre de olho, foi voando (literalmente) contar tudo a Jeová nos céus.

Jeová, que Se julgava ator principal e diretor de cena, além de cenógrafo, coreógrafo, iluminador, figurinista (apesar da ausência de roupas) etc., ouviu e pensou:
– É a Minha deixa!
E entrou em cena.
Barbaridade! Pobre Adão e pobre Eva! Viram aquela profusão de nuvens, ventos, chuvas, tempestades, coisas que no oásis não existiam nem existiriam pelos séculos dos séculos, amém, que lá nunca chove e a fertilidade se mantém de baixo para cima, isto é, pelas misteriosas fontes subterrâneas que alimentam os desertos. E como música de fundo vinha a Quinta de Beethoven, aquela do "destino bate à porta": bam-bam-BAM-baaaam!
– Que fizemos?, perguntou Adão, aterrorizado.
– Que fiz?, perguntou Eva, ao lado de seu marido.
– Malditos!, esbravejou Jeová. Comestes do Fruto Proibido. Agora conheceis o Bem e o Mal, coisas que antes só Eu conhecia. Quer dizer, Eu e mais uns demônios que Eu despachei com ajuda do Miguel (Jeová usava esse tratamento coloquial) para o fim do mundo, o Inferno. Por isso, sereis expulsos do Paraíso, e terás tu de trabalhar com o suor do teu rosto, Adão, e tu, Eva, de partejar filhos com as dores de tuas entranhas.
Entrementes, a Lilith resolvera se mandar. Mais do que depressa livrou as pernas da pele de cobra que as recobria e conseguiu tirar uma das asas e jogá-la ao chão. Mas não deu tempo de jogar a outra, pelo que ela a engoliu, pequena que era. A asa ficou engastalhada em seu peito, por dentro. Assim mesmo, tossindo por causa das penas da asinha que lhe faziam cócegas por dentro, ela se escapuliu e sumiu no deserto, preferindo correr esse risco a enfrentar direto a fúria de Jeová. Adão, ainda meio abobalhado, viu aquela asinha no chão, pegou-a e botou-a debaixo do braço, querendo escondê-la, pensando que era algum malfeito, consequência do que ele tinha praticado. Ainda furioso, Jeová nem olhou direito e falou para a pele de cobra que caíra no chão, como se ela fosse a Lilith inteira:
– Eu te amaldiçoo e de agora em diante vais rastejar na terra e comer o pó das distâncias! E no fim dos tempos uma outra Mulher vai espremer o veneno da tua raça!

A pobre da pele de cobra não teve jeito senão obedecer, botou as perninhas pra dentro, virou serpente e saiu rastejando como podia, com a pele ressecando na poeira. E é por essas e por outras que de vez em quando cobra troca de pele e até hoje se diz que os homens têm asa no sovaco e as mulheres na ponta do coração.

Jeová chamou então uma tropa de querubins, que são os milicos do céu, e mandou que eles tocassem Adão e Eva por diante, para fora do Paraíso. Eles que se virassem. Cada querubim tinha na mão uma espada de fogo, o que tornou sua tarefa muito fácil, porque Adão e Eva ainda nem conheciam o fogo, quanto mais espada de fogo. Mas um dos querubins ficou com pena deles e deu-lhes uma caixa de fósforos, que trouxera do céu. E disse a Adão:

— Olha, está escrito aí na caixinha: *Fiat Lux*. Foi inspirado nisso aí que Jeová criou o mundo, veja só. Isso vai facilitar as coisas para vocês.

E riscou um fósforo, para mostrar como é que era.

Adão e Eva saíram caminhando pelo deserto. Mas deram sorte. Logo adiante toparam com um outro oásis, muito maior do que aquele em que eles tinham vivido até então, o tal do Paraíso Perdido. Era um oasão, com muito mais bichos e plantas. E tinha um fio d'água comprido como o quê, que se perdia no horizonte, não só aquele laguinho mixuruca do outro. E seguindo o fio d'água, Adão e Eva chegaram numa terra mais fértil, com frutas mis, onde em se plantando dava, e com um céu de anil e que era o... bom, o Hebrom! No que é que vocês pensaram?

Entrementes, anoitecia, e no céu um luão cheio já rebrilhava. Foi então que Adão começou a reparar em Eva. E reparou que seu corpo tinha linhas curvas. Lindas linhas curvas. E que seus volumes eram redondos. Até então Adão nunca pensara em linhas curvas nem em volumes redondos. E Eva olhou Adão, e gostou de seu porte ereto, como uma reta. Até então Eva nunca pensara em linhas eretas, a não ser as das palmeiras, que eram curvas, na verdade. Então ambos disseram, num uníssono, que nem o primeiro berro que deram:

— Estamos nus!

E já pensaram em sacanagem. Mas, para fazer sacanagem, tinham de ter roupas, porque para fazer sacanagem é preciso primeiro tirar a roupa. Adão e Eva se cobriram de folhas, que era o que tinham mais à mão, e em seguida tiraram as roupas de folhas e fizeram sacanagem sobre elas, estendidas no chão. E foi assim que inventaram o colchão.

Mas aí, enquanto Eva dormia, Adão começou a pensar no tempo que perdera, naquela bobagem de Paraíso. Foi assim que ele começou a de fato ter noção do tempo. E ficou com muita raiva, uma raiva tão imensa de Jeová que ele sentiu necessidade de fazer alguma coisa. E fez. Não contra Jeová, que ele não era bobo. Vingou-se na sua criação. Passou a mão numa vara de marmelo que por ali estava e deu uma baita coça na Eva, que, sem entender nada, ficou gritando e depois gemendo, remoendo vingança. Adão, esse ficou se sentindo mais do que um homem: um macho! Agora sim, à imagem de Jeová Todo-Poderoso, pensava ele com sua vã filosofia. E Eva, que no caminho já prestara atenção em bois, touros e vacas, pensava, com sua vontade nada vã:

— Vou botar guampa nesse maldito com o primeiro anjo que passar.

Naquele tempo os anjos tinham sexo, só o perderam séculos depois, por decreto da Santa Madre Igreja em Bizâncio, parece. Ou então foi porque os doutores da Igreja discutiram tanto se anjo tinha ou não sexo que ele simplesmente murchou, numa brochada universal. Os que seguiram Lúcifer, no Inferno, guardaram o sexo, por isso se acham os tais e andam pelados pelas pinturas, perto dos outros, que passaram a usar camisolão ou armadura para disfarçar a sua falta. Embora nos quadros só haja anjo grande com cara de homem.

E foi por isso, por essas e por outras, que nasceram Caim, moreno e de pele mais escura, que nem Adão, e Abel, de olho azul e cabelo loirinho da silva que nem... Isso é assunto para o próximo Livro.

DO LUNÁRIO DE CAIM

Lua cheia
Na lua cheia me dá essa vontade de talhar na pedra. E lá fico eu, toc-toc-toc, luas afora.
Também me dá vontade de esticar o pescoço e uivar para a lua.
Talvez seja por esse sentimento de solidão que me assalta, desde que me apartei dos meus.
Mas tive razões.
A começar por aquele urticária do Abel.
Quero dizer, o meu irmão Abel era uma urticária na minha vida. Desde pequeninho revelou seu gênio de puxa-saco. Era sempre o queridinho da mamãe. E ela ficava: Abelzinho pra cá, Abelzinho pra lá. E falava pra todo mundo, quer dizer, para meu pai, que era naquela altura todo mundo que havia: "Ah, porque o Abelzinho é um gênio, o Abelzinho isso, o Abelzinho aquilo, hoje o Abelzinho me ajudou na cozinha, e o Abelzinho cantou o hino do Paraíso Perdido, já o Caim...". E lá vinha aquela lamúria a meu respeito. E o meu pai dá-lhe cascudo na minha cabeça. Só porque eu preferia ir pescar na lagoa a cantar besteira.
Por agora chega. Isso de talhar na pedra cansa muito.

Lua minguante
Nessa lua encolhida fica mais difícil enxergar. Depois vem uma pior, menor ainda.
Conforme eu e o Abel fomos crescendo, as diferenças foram aumentando. Ele ficava cada vez mais chato. E só queria saber de animais. Cuidava das ovelhinhas, das vaquinhas, das galinhas... E o pai e a mãe ficavam cheios de orgulho. Mas eu é que sei por que ele se interessava tanto por elas. As sacanagens que ele fazia com elas no escuro ou bem cedinho, quando o pai e a mãe dormiam.
Como eu não gostava de cuidar dos animais, eles me puseram na roça. E dá-lhe cuidar das plantas, tocar o arado, e aguá-las, e depois colher, e havia também as olivas e as frutas, tinha de cuidar pra não dar bicho, uma praga tudo aquilo.
E elogios só pro fiadaputa, quero dizer, fiadamãe do Abelzinho.

Lua nova
E tinha o Gabriel.

Lua crescente
É, tinha o Gabriel, o anjo, que aparecia aqui e ali, sempre quando o pai estava ausente. Ele dizia que vinha dar uma olhada, ver se estava tudo bem, porque ele se sentia responsável, fora ele que contara para Jeová a respeito de um tal de fruto que o pai e a mãe comeram numa outra terra em que viviam, aquele tal de Paraíso Perdido que eu, no fundo, acho que nem existe. Meu pai vivia cantando: "Por mais terras que eu percorra, não permita Deus que eu morra, sem que volte para láááá...". Eu já percorri muita terra debaixo dos meus pés, muito mais do que qualquer vivente, e nunca encontrei o tal do Paraíso Perdido. Ou ele não existe, era só lorota ou distração pro pai e pra mãe, ou foi destruído nalguma guerra.
Mas aí vinha o Gabriel. Dar uma olhada coisa nenhuma. Ele vinha por causa do Abel. Que, aliás, era a cara dele. Era loiro que nem ele e tinha o olho azul dele também. E ficavam lá os dois jogando cinco-marias. E eu? Eu, a mãe me tocava para fora quan-

do o Gabriel aparecia, me arranjava sempre alguma tarefa, colher maçãs, arrancar toco de árvore, ir plantar batatas, essas coisas. Um dia ela me mandou ver se ela estava atrás da esquina.
– O que é esquina?, perguntei.
– Sei lá, ela respondeu. Procura que tu acha.
Eu fui, procurei, e não achei nem a esquina, quanto mais a mãe. Mas jurei que um dia eu ia descobrir o que era uma esquina. E descobri. Mas isso vem depois.

Lua cheia
Eu ia, cumpria as tarefas que a mãe tinha me dado, e quando voltava o Abel estava sempre dormindo, o Gabriel tinha se ido, e a mãe estava cantarolando, feliz, mas algo tristonha: "Tão longe, de mim distante, onde irá, onde irá, teu pensamento... Quisera saber agora se esqueceste, se esqueceste o juramento... Quem sabe? Pomba inocente, se também te corre o pranto; minh'alma cheia d'amores, te entreguei já neste canto...".
Nunca me esqueci dessa cantiga do "Quem sabe?", que minha mãe cantava quando o Gabriel aparecia e se ia. Muito depois eu soube ser aquilo uma verdadeira cantiga d'amigo, e que o tal de amigo, claro, devia ser o Gabriel.
Às vezes o pai demorava para voltar. Várias luas. Ou, se voltava no mesmo dia, vinha cansado das tarefas, enxugava o suor do seu rosto e dormia direto. Eu ficava no escuro, pensando no Gabriel, no Abel, na mãe, e me acudia a ideia de que ali tinha ninho de formiga, isto é, algum segredo.

Lua minguante
Eta luinha desgraçada que começa a encolher. Hoje estou mais cansado do que o costume. Corri distâncias muito grandes. Acho que cheguei ao fim do mundo. Cheguei à margem de um marzão, cujas ondas fiquei escutando. No vento que vinha desse mar eu escutei vozes. Meu ouvido é muito bom. Eram vozes estranhas, que falavam línguas estranhas, que não conheço. E eu falo muitas línguas! Eu semeei as línguas sobre a Terra. As línguas da discórdia, as línguas das guerras. Mas isso veio depois.

Primeiro, teve a história do sacrifício para Jeová. Maldito sacrifício.

Lua nova
Meu pai disse pra mim e pro Abel que nós devíamos fazer um sacrifício para Jeová. Oferecer parte do que produzíamos.

Lua crescente
Eu e o Abel já estávamos crescidos, disse o pai. Era hora de termos uma relação direta com o Pai Universal, o Criador do Mundo, Jeová. E essa relação direta vinha através do sacrifício. Ele nos disse como fazer, e nós pusemos mãos à obra.

Com um olho eu cuidava do que fazia, mas o outro ficava espiando o Abel. E eu fui vendo o abelhudo primeiro escolher as pedras mais afeiçoadas pra compor o seu altar. E o jeitoso que ele era ao empilhá-las. Depois escolheu a lenha mais seca que havia, mas primeiro ele forrou a pedra com folhas secas, ervas aromáticas e gravetos. Só aí colocou as achas, trançando-as de modo a formar uma pilha regular.

Acontece que ele levou a manhã inteira para arrumar tudo aquilo. Eu não. O sol ainda estava baixo no horizonte quando eu terminei meu altar e a pilha de lenha. Fui jogando as pedras umas por cima das outras de qualquer jeito e depois joguei a lenha sobre o monturo. Para fazer o fogo botei embaixo das achas um pouco de bosta seca, que é ótima e rápida para fazê-lo pegar. E fiquei flanando por ali, observando aquela trabalheira do Abel.

Quando o sol estava a pino e o Abel terminou, fomos escolher os objetos dos sacrifícios. Eu peguei o que vi primeiro, umas frutas, umas verduras e uns nabos que estavam há dias no meu balaio, e joguei em cima da lenha. Já o Abel escolheu o seu melhor cordeirinho mamão, matou, esfolou, enfiou num espeto, botou o espeto em cima de dois paus com forquilha, e aí veio outra diferença. Eu acendi o meu fogo com aquela caixinha de fósforo *Fiat Lux*, que eu roubara do pai e até hoje carrego comigo. O Abel esfregou os pauzinhos que a mãe lhe havia dado, até fazer o foguinho dele. No meu altar havia um fogueirão. E as fumaças foram subindo...

Lua cheia

Aí entrou em cena o Jeová, anunciado por sua música-tema, um tal de bam-bam-BAM-baaaaam... Chegou primeiro pro meu lado. E foi logo dizendo:

– Que que é isso?! Olha esse fogaréu. Tá tudo torrado, só presta pra fazer adubo de porco, além disso, tu acha que Eu tenho cara de vegetariano?! Só isso de frutinha e legume?! Ora bolas, isso não é sacrifício coisa nenhuma. Isso é sem-vergonhice da boa. Vagabundagem.

Fiquei com cara de tacho. Aí ele foi pro lado do Abel:

– Mmmmmmm... Meu anjo! Que delícia esse cordeirinho mamão! Bá, tá no ponto, com esse cheirinho de gordurinha gostosa! Olha aquela costelinha ali, que beleza! Pode servir, meu anjinho!

Jeová festejou o banquete. Saiu lambendo os beiços e ainda falando coisas misteriosas como:

– Eu precisava mandar um serafim trazer um pouco de farinha de mandioca da América...

E completou:

– Olha, Belzinho, pode fazer mais sacrifícios desses que Eu vou adorar! Quer dizer, tu vais Me adorar.

E Se foi, entre raios e trovões.

Lua minguante

O Abel começou a me gozar.

Lua nova

E eu ruminando aquela raiva.

Lua crescente

O Abel vinha pro meu lado, tocando uma tarolinha que ele fizera com o couro do cordeiro do sacrifício, e cantarolava:

– Firuli, firuló! Coitado do coió! Ficou chupando dedo assim, o brocoió do Caim!

E eu:

– Para com isso, ô boiola! Te manca. Vai cantar noutra freguesia! Vai tocar musiquinha pro teu Jeovazinho de merda, que ficou todo meloso só por tua causa! Dá até pra pensar! Arreda, arruda!

E ele, nem aí. Continuava a tocar a tarolinha, bim-bim-bim, bam, bam, bam, até que eu me enchi de raiva mesmo e quis arrebentar aquela porra de tamborzinho. Passei a mão numa acha de lenha e badabaf! Só que eu não acertei a merda da tarola, acertei a cabeça do Abel, que se pusera na frente pra defender a bosta do tambor. Foi sangue pra todo lado. Sobretudo pra cima de mim. Fiquei empapado. Abestalhado também. O que eu fizera?

Lua cheia
Deu uma trabalheira. Primeiro, enterrei o Abel, o tambor e a acha de lenha. Depois, disfarcei a sangueira no chão com um monte de areia. Daí me lavei e as minhas peles. Nem falei com o pai e a mãe. Me mandei.
De repente, topei com o Jeová, com aquele musicaréu e tudo. E ele trovejou:
– Caim! Onde está teu irmão?
– Sei lá!, respondi. Acaso sou o guarda dele? E, depois, não é você o tal que sabe tudo? Deve saber isso também!
– Caim! Não vou repetir uma terceira vez: onde está teu irmão?
– Olha, deve estar tocando tambor na tua orquestra, lá no céu, que é para onde ele foi!
– Mataste o teu irmão!
– Foi sem querer. Não tive culpa. Se eu soubesse...
– Conta outra. Isso aqui não pega. Aqui vale a lei do olho por olho, dente por dente. Aqui escreveu bem ou mal, leu ou não leu, o pau comeu igual. Essa versão do livre-arbítrio só vai ser inventada por São Tomás de Aquino, daqui a séculos. Eu sei tudo! E tu és um idiota! O céu só vai ser aberto depois que Meu Filho redimir a humanidade do Inferno, que é onde ele está. Ele vai sair de lá, quando Meu Filho descer com as chaves do reino, mas tu vais fazer a travessia para o outro lado do mundo, para lá ficares e te perderes.
Eu não entendi aquilo, mas respondi:
– Se Você sabia que eu ia matar o Abel, por que não segurou a minha mão? O maldito, aqui, não sou eu.
– Se Eu soubesse que ias matar teu irmão e segurasse a tua mão, tu não o matarias e Eu então não saberia tudo, entende? Já leste

Agostinho? Não posso fazer o passado não ter acontecido, porque tudo o que Eu faço é verdadeiro. E para Mim e em Mim tudo é eternidade. Ademais, tu és a Minha Ausência.
Continuei sem entender patavina, e nada disse desta vez. Jeová continuou na iniciativa:
És maldito! Três vezes maldito! Fizeste um falso sacrifício, mataste teu irmão e quiseste esconder o crime de Meus olhos! Vou te dar a maior punição: inventarás a escrita. Vais talhar a pedra sem parar, com o suor do teu rosto e o calo das tuas mãos. Errarás pelo mundo, vais ser o primeiro judeu errante da história! Mas porei uma marca no teu rosto, assim os outros homens te reconhecerão. Não te farão mal, mas não te aceitarão como um deles, maldito, três vezes maldito!
– Judeu? O que é isso? E marca, que marca?
– Vais descobrir o que é isso. Quanto à marca, passa a mão no teu rosto!
Passei. Descobri um puta galo na testa, como se quem tivesse levado a porrada fosse eu. E o galo não desapareceu. Até hoje carrego esse troço. Não sei se o Jeová estava mais furioso por eu ter matado o Abel ou por eu tratá-lo assim de "você", com minúscula. Mas não fiquei para descobrir. Numa quebra do decoro e do protocolo, dei as costas e fui embora. Pela primeira vez na vida, não foi Jeová quem saiu de cena. Fui eu, e deixei-o apalermado com suas trombetas e trovões.

Lua minguante
Me mandei. Mas ia intrigado com aquilo de "outros homens". Como assim? Agora que o Abel fora tocar tarola em outra freguesia, na Terra só devia existir eu, o pai e a mãe. Quem mais?

Lua nova
Logo descobri.

Lua crescente
Primeiro, deparei com um ajuntamento de gente. Muitos homens, muitas mulheres, crianças. O que era aquilo? Perguntei isso para um deles, que respondeu:

— O nosso chefe é ali o Turcão.
Cheguei pro Turcão e fiz a mesma pergunta.
— Sêo Caim? Queiria gombrar alguma coza? Bender? Nóis faz negócia. Eu sou o Turcão. E nóis faz tuda tipo de negócia. Aqui nóis semo tuda brimo.
— Como você sabe o meu nome?
— A gente sabe. Os anjo já bassou aqui e contou as novidade tuda. E o senhor – não se ofenda – carrega esse chifrão de unicórnio na testa: só bode ser o sêo Caim.
Perguntei:
— Mas de onde vêm vocês?
— De bor tudaí, foi a resposta, com ele girando a mão em volta.
— Mas como é que vocês existem? Vocês não deveriam existir!
— As histórias quem gonta aqui são os beio e as beia. Eles dizem que a gente tuda é filha do bai Adão.
— E da mãe Eva?
— Quem é essa Eva? As beia aqui diz que nossa mãe primêra era uma mulher cobra no assunto de transar e procriar.
Foi aí que a fagulha me subiu à cabeça.

Lua cheia

Então o que o pai fazia quando se ausentava de casa não era só cuidar de rebanho, não. Ele devia ir encontrar aquela tal de Lilith que ele um dia falou em sonho e eu ouvi. Eu fiz a besteira de perguntar pra mãe quem era essa Lilith e ela ficou vermelha de raiva, me deu um cascudo e disse:
— Nunca mais fala nessa bisca aqui em casa!
Era isso! E daí foi que deu essa gentarada toda que agora estava com o Turcão. Os meus meio-irmãos e meio-irmãs deviam ter também feito sacanagem sem parar, que nem o pai Adão e a tal da Lilith, e o resultado foi esse monte de gente que agora era só primo, ou "brimo", como dizia o Turcão. E eles eram de todas as cores e falavam, logo me dei conta, de um jeito muito diferente uns dos outros. Mas ainda dava para entender.
Resolvi dar um jeito naquela situação. Falei pro Turcão:

– Eu vou fundar uma escola, um lugar pra ensinar todo mundo a falar igual. Mas preciso que o pessoal me ajude a construir a escola.

Ele achou que assim "os negócia" ia melhorar, ser mais rápido, e topou. Foi aí que me veio a ideia:

– Eu vou talhar as palavras nas pedras lisas que eu encontrar, e pedir para eles lerem, e assim eu vou ensinar todos eles a falar igual, disse eu falando com os ossinhos de bicho que prendiam as peles umas às outras ao redor do meu corpo.

E assim fiz. De dia eu dirigia a construção da escola. De noite, talhava na pedra as palavras para eles lerem.

Mas aconteceram duas coisas que eu não esperava.

Lua minguante
Eu quis começar logo o ensinamento, ainda durante a construção.

Lua nova
Ou o povo era burro ou eu é que era.

Lua crescente
Primeiro, o povo começou a gostar daquilo de construir. E construía sem parar. O Turcão gostava também. Seguindo um conselho meu, pagava os trabalhadores em conchinhas que vinham dos rios, e quanto de mais longe vinham mais elas valiam. Ele tinha até uns catadores especiais de conchinhas que ficavam com uma parte delas, e quanto mais traziam mais ficavam para eles. E aí o povo depois trocava as conchinhas entre si, para comprar coisas uns dos outros e da tenda do Turcão. E ele entrou a cobrar um imposto em conchinhas pelas conchinhas que os outros usavam para comprar coisas uns dos outros e não da tenda dele. Aí eu sugeri pra ele que juntasse o povo ao redor da escola, que ia cada vez mais alta. E assim foi feito. O Turcão começou a dizer que o povo devia também construir casas ao redor da construção, não mais morar em tendas. E criou-se então um enorme amontoado de casas em vez de tendas, e também um enorme ajuntamento de

gente. E o Turcão pagava o povo com certa quantidade de conchinhas, mas já vendia lugares na escola, cursos e tudo o mais, por bem mais conchinhas, lucrando muito. Ele se encheu de gosto, mas por precaução passou a pagar outras gentes para guardar com porretes as conchinhas dele, e disse:
— Eu bando aqui! Sou Turcão Brimero, o Imortal! E ordeno que a gonstrução não bare mais!

Lua cheia
Achei aquilo uma bobagem, mas quem era eu, o desterrado, para me opor ao Turcão?
Aí aconteceu a segunda coisa que não estava na minha escrita. Aconteceu que eu, para não perder tempo, pois, como dizia o Turcão, "tembo era gonchinha", só talhava algumas letras das palavras, pois a gente sabia elas de cor. Essas o povo dizia igual, por isso eram chamadas de "consoantes". As outras não: cada um dizia de um jeito, e por isso foram chamadas primeiro de "vagais", depois "vogais": vagavam, vogavam de uma gente para outra, e logo foi dando a maior confusão, depois nem as consoantes eles diziam do mesmo jeito, e misturavam tudo, e no fim de contas ninguém se entendia mais, uns diziam que o jeito certo de falar era só o deles, outros também, um jogou uma pedra no outro e começou um quebra-quebra monumental: a primeira guerra. As primeiras vítimas foram as minhas pedras de leitura, quebradas para quebrarem umas quantas cabeças. E daí eles partiram para demolir a escola, e a desordem foi tamanha que o Turcão mandou os seus guardas baixarem o porrete no povo, coisa que eles fizeram com vontade, de tal modo que o povo se dispersou e foi cada um prum lado, com suas famílias, cachorros e tarecos. No fim da confusão, a escola, que era alta e bonita, estava demolida; e o Turcão furioso. Aí ele me falou:
— A gulpa foi tuda tua! Vai embora, senão eu mando brender! Tu e tua Torre de Babel! Maldito, três vezes maldito!
Acho que ele quis dizer "papel", que era como ele chamava as minhas pedras de talhação, mas isso eu só pensei depois. Na hora, quando ele me amaldiçoou três vezes eu vi só vermelho e taquei a minha última pedra de talha na cabeça dele, dessa vez de propósito.

De novo, foi aquela sangueira pra cima de mim. Me botei pra correr, porque os guardas das conchinhas se vieram atrás de mim, acho que de raiva porque aquilo podia ser o fim do negócio das conchinhas. Corri o quanto pude, entrei por aquele labirinto do casario, até que dei uma volta ao redor de uma das casas e me escondi. Me dei conta de que, como a mãe previra, eu acabava de descobrir o que era uma esquina. Também me dei conta de que, como Jeová previra, eu tinha inventado a escrita, ainda que talhada. E, de quebra, uma coisa chamada cidade. E provocara um processo chamado "a acumulação primitiva de conchinhas".

Lua minguante
Com a noite, pude me esgueirar pra fora da cidade. Mas, antes de ganhar de novo o deserto, me dei conta de que os guardas estavam brigando entre si pra saber quem ia ser o Turcão II.

Lua nova
Isso não vai ter mais fim, pensei.

Lua crescente
Desde então tenho corrido esse mundo velho. E garrei gosto em duas coisas.

A primeira é que, por onde passo, convenço o povo a construir cidades. Eles obedecem. Se sentem melhor assim mais juntos. Têm com quem brigar e se divertir mais seguido. Depois fazem guerra com o povo de uma outra cidade.

A outra coisa é que garrei gosto em escrever. Escrevo, deixo minhas pedras para eles aprenderem a ler como quiserem, e me vou. Vou semeando línguas diferentes. Sei que se eu ficar, com meu quase chifre de unicórnio na testa, eles vão descobrir que eu sou Caim, o desterrado, o maldito, o três vezes amaldiçoado por Jeová, por ser o assassino do meu irmão, e agora perseguido pelos guardas das conchinhas que estarão a serviço de algum Turcão II. Ou III, quem sabe.

Nunca encontrei traço da Lilith nem tive notícia do pai ou da mãe. Já devem ter morrido.

Lua cheia
Rodei e rodei pelo mundo, talvez setenta e sete vezes. Nunca me liguei a ninguém. Nas cidades que criei e que abandonei conheci mulheres atraentes. Semeei muitas delas, como antes, nos meus tempos de lavrador, semeava a terra. Devo ter deixado filhos por aí. Não sei. Tenho vivido em cavernas, entre os lobos, que não me atacam. Talvez até me tomem por um deles. Porque, nas noites em que não durmo ou talho na pedra, eu uivo que nem um lobo. É minha resposta à maldição de Jeová.

Estou cada vez mais fascinado por essas vozes que escuto de além-mar. Serão vozes mesmo, línguas que não compreendo, eu que falo tantas quantas foram inventadas, que sou o pai de todas elas? Ou será só o ruído dos ventos uivantes, que respondem aos meus próprios uivos? Fico às vezes no alto do rochedo, diante da caverna, ouvindo-as e sonhando com outros mundos, além-mar. Depois, quando o sol vai se pôr no fim das águas, volto para a caverna e entro a talhar pela noite adentro. Dessa vez não estou talhando em pequenas pedras lisas. Talho mesmo na parede da caverna e iluminada pelo luar que aqui adentra, talvez trazido pelo reflexo na água do mar. Quero que essas letras por aqui fiquem, talvez meus filhos as encontrem.

Às vezes entro a cismar: eu poderia muito bem construir algo como uma pequena casa que flutuasse, armá-la com panos em vez de paredes, e me entregar ao destino dos ventos e das correntes desse mar: quem sabe atravessá-lo, devassá-lo, desvelá-lo. Isso porque penso que se o Jeová o fez tão grande foi para que não o atravessássemos. Portanto, é o que devemos fazer.

Lua minguante
Decidi: vou à construção. E à travessia. Até sempre!

O RAMO DE OLIVEIRA

Eu sou um dos dois únicos animais sobreviventes da arca de Noé. Não contando alguns insetos, é claro, como pulgas e baratas. Eu me sinto culpada, porque mostrei o caminho para o assassino. Antes não o fizesse! Foi o sinal do extermínio, do apocalipse, do holocausto para todos os outros.

Eu sobrevivi por acaso. Porque a certa altura voei para mais longe. Antes de mim, o compadre Corvo fez o mesmo, e se mandou. Mas depois, eu, estando por perto, testemunhei o festim macabro, com o desaparecimento dos meus parentes e dos demais. E eu nada pude fazer, exceto jurar que me vingaria de Noé. Quanto ao compadre Corvo, ficamos assim próximos e íntimos porque passamos muito tempo juntos, eu na minha gaiola e ele na dele.

O traiçoeiro Noé lançou um chamado aos animais:

– Vinde! Vinde! Vós sereis salvos! O Senhor me ordenou! Construí essa arca da salvação, aqueles que nela estiverem serão salvos, de sangue frio ou quente, pequenos ou grandes, porque por aí vem uma grande tempestade que vai inundar o mundo! O Senhor me falou, eu em verdade vos digo!

Como naqueles tempos os animais falavam e os homens também, a mensagem se espalhou. Logo começaram a vir os bichos. E Noé foi selecionando. Parecia fazendeiro em dia de feira. Apartava animais para aqui e para lá. Só descobrimos depois que os "para lá" eram destinados a não sobreviver.

Ele, o maldito, selecionou sete pares de cada espécie. Inclusive das aves, que ia prendendo numas gaiolas especiais para esse fim. Até eu fui engaiolada, mas separada dos meus, e do meu Sepetiba. E ao lado da gaiola do compadre.

Era bicho que não acabava mais. E lá na ponta de tudo havia aquele naviozão, enorme, com a proa apontando para cima e para o norte.

Noé tinha um bando de escravos, que iam tocando os pares de animais para dentro da arca, o naviozão. Montados em cavalos chucros, eles tocavam os animais com chuços e varas, e aboiavam e relinchavam que nem cavalos, ou cantavam que nem pássaros. Era até bonito de se ver.

Foi quando a entrada terminou. Noé tocou pra dentro da arca a família, voltou-se para os montadores e para os animais que ficavam de fora e disse:

– Obrigado pela participação e até uma próxima oportunidade!

Não houve uma próxima oportunidade. Mal fechada a porta da arca, desabou uma tempestade gigantesca. Choveu, choveu e choveu. E as águas se vieram de todos os lados, e subiram, subiram, subiram. Diz-se que Jeová "abriu as janelas do céu".

Mas a arca navegou. Flutuou. Sacudiu. Dentro, era aquilo de gente e bicho vomitando, aumentando o fedor por causa das fezes. Nossa! Nunca vi tanta merda na vida! O lugar-comum diz que aquilo durou quarenta dias e quarenta noites. Uma ova! Aquilo durou dez meses, está nos autos que quase ninguém lê. Choveu pra ninguém botar defeito. Choveu durante quase um ano.

Mas como depois da tempestade vem a bonança, tudo se acalmou. Um dia a água amanheceu como um espelho. E a arca flutuando. Só céu, mar e nós. E a bicharada toda comendo e comendo. E cagando, claro. Noé e a família também. Eles tinham uma reserva de plantas secas, carne salgada, e pescavam. Não havia nada para fazer. Depois de comerem, dormiam. Eu via que Noé ia garrando nojo daquilo tudo. Deu de evitar a família e falar sozinho. Os seus filhos e filhas também foram se encaramujando. Ficavam cada um e cada uma num canto, resmungando, e a mulher de Noé na cozinha, também resmungando. Noé resmungava e resmungava, e volta e meia ia para o seu escritório, onde só ele entrava. Ficava lá um tempão. Depois saía, lampeiro, cantarolando, e ia pescar – de feliz que estava. E os filhos resmungando. Dá-lhe resmungo!

Eu sei disso tudo porque ficava numa gaiola perto do tal de escritório. Quando o Noé entrava lá, bem que eu abria os ouvidos, mas não ouvia nada.

Ao lado da minha gaiola tinha a do compadre Corvo. Os nossos parentes ficavam com o resto da bicharada, no porão. Imenso porão, que cheguei a ver depois, num de meus voos. O que a bicharada fazia, além de comer e cagar? Fornicar, ora. Então tinha bicho e mais bicho!

E os dias, as semanas, os meses foram passando e passando. De vez em quando os filhos do Noé iam lá embaixo no porão com baldes e mais baldes e tentavam dar uma limpada naquilo. Mas não adiantava. Com o tempo, o fedor impregnou nas tábuas. Durante a noite, até que melhorava, com a brisa. Mas de dia, com o sol rachando, era insuportável. E aquilo aumentava a ranzinza geral.

Um dia rebentou uma briga feia entre Noé e a mulher. Ela dizia que queria tacar fogo naquele tal de escritório, e o Noé dizia que não, que não podia, que aquilo lá era sagrado, que se as portas dali se abrissem uma maldição feia cairia sobre todo mundo, que as tais janelas da chuva se abririam de novo e que aí nem a arca aguentaria. Mas a briga foi feia, e a mulher do Noé disse que nunca mais ia falar com ele, e ele se enfezou demais e disse que se ela quisesse podia pular e sair nadando, e eles só se acalmaram quando os filhos vieram e pediram que eles tomassem jeito, que eles tinham de se comportar pra que toda aquela sandice (assim disseram) terminasse bem e desse certo.

Foi depois disso que o Noé, aí sim, se encafifou mais e mais no tal de escritório. Passou a dormir lá dentro.

Comentei com o Corvo:

– Seu Corvo, o que o senhor acha que está acontecendo?

– Desconfio da gravidade da situação, disse ele, com um ar sábio.

– Que gravidade?, eu perguntei.

— Não sei, mas é grave, ele respondeu. Acho que esse Noé está tramando algo. Se eu puder, não vou ficar para ver.
— Mas o que ele pode tramar?
— Olhe, siá Pomba, acho que essa história de ser o escolhido subiu à cabeça dele. Ou então ele não aguenta mais ficar aqui, está arrependido de ter de administrar essa bosta toda. Perdão pela palavra, siá Pomba, mas é isso mesmo.
— Escolhido? Como assim?
— Pois então a siá não sabe como tudo começou? Ah, bem, comadre... Quer dizer, se me permite lhe chamar de comadre. Já que estamos conversando tanto...
— Pode me chamar, sim. Não me importa. Mas, sobre o começo de tudo, não tenho a menor ideia. Só sei que um dia eu estava no pombal, veio o Noé com a família, pegaram catorze de nós e nos trouxeram para cá. Puseram o meu querido Sepetiba, o pombo mais lindo do mundo, lá no porão e o Noé me trancou pessoalmente aqui nessa gaiola, ao lado do compadre. Diz que seguindo ordens de um coronel donos dessas terras.
— Pois então vou lhe contar o que sei. Parece que um tal de Senhor, ou Jeová, que criou tudo o que existe, ficou muito insatisfeito com o jeito com que as coisas andavam. Não era só com o comportamento dos homens, que, parece, tinham levado demais a sério o tal de "crescei e multiplicai-vos" que esse Jeová tinha dito. Ele andava insatisfeito com a própria Criação, que estaria precisando de umas Reformas de Base, ou algo assim. Precisava pôr a casa em ordem. É verdade, se a comadre lembra, que tudo estava muito bagunçado: os vulcões não paravam de entrar em erupção, os dias e as noites encompridavam e encurtavam quando bem entendiam, frios e calores vinham a qualquer hora e de qualquer jeito, chovia e fazia sol ao mesmo tempo, coisa que fazia as viúvas se casarem de novo sem parar, e a confusão e a lambança aumentar.
— É verdade, eu disse, lembro que por uns tempos a gente nem conseguia comer direito: as árvores pareciam enlouquecidas, davam frutos podres e as flores caíam antes do tempo. Parecia uma maldição.

– Pois é, continuou o compadre Corvo. Vai daí que o tal de Senhor ou Jeová chamou o Noé e mandou que ele construísse essa arca, que pusesse quanto bicho pudesse nela, que Ele, o Senhor Jeová, ia acabar com o mundo e refazer tudo de ponta a ponta. E o Noé assim fez, e depois disso o Seu Jeová veio e mandou ele fechar-se na arca, trancar a porta e esperar pelo que desse e viesse. E foi assim que estamos aqui, agora, eu e a comadre, trancados nessas gaiolas, e o nosso povo lá embaixo, com os demais.
– E o que o compadre pretende fazer?
– Eu não estou gostando nada disso. Se eu puder, vou me mandar. Mas não sei para onde, se as águas não baixarem.
– E o seu povo? Eu não vou me mandar, não. O meu Sepetiba está lá embaixo com os meus parentes, e eu não vou abandonar ele nem os outros.
– Sepetiba? Quem é esse Sepetiba?
– É o pombo mais lindo do mundo, compadre. Estamos noivos, sabe? Nós, pombos e pombas, não somos como essa animália toda que está lá embaixo, que fornica sem parar uns com os outros. Vai ver que é por isso que o Coronel Jeová se zangou com o mundo. Nós não. Nós somos fiéis. Quando nos enamoramos é para sermos felizes para sempre. Eu e o Sepetiba estamos prometidos, e já combinamos que vamos fazer um ninho só de raminhos de oliveira, que são mais macios e cheirosos. Talvez um pouquinho de alecrim também... Quando ele canta: "Ai, alecrim, alecrim dourado, que nasceu no campo, sem ser semeado..."... Ai... Meu coração quase me sai pela boca...
– Mmmm, comadre, não me leve a mal, mas tudo isso me parece dourado demais... E por que a comadre acha que o Sepetiba lá embaixo não está se adevertindo com as demais pombinhas?
– Cruz credo, compadre Corvo, vira esse bico pra lá! O meu Sepetiba me jurou que só ia bicar o meu bico e que só ia... Bem, assim, ficar e morar comigo, viu?
– Está bem, está bem, não fique zangada, comadre, não está aqui quem falou. É que eu já vivi muito, sabe, comadre, e muitas coisas se passaram por essas minhas retinas tão fatigadas. Eu bem que quis fugir, mas no meio do caminho tinha esse Noé, tinha esse

Noé no meio do caminho, ele me pegou e me trouxe para cá, o que é que eu vou fazer? E eu era feliz então? Fui-o outrora agora!
– Nossa, o compadre parece um poeta! Um não, vários...
– Obrigado, comadre, vosmecê é muito gentil.
– Vosmecê?
– Ué, a comadre não chamou o Jeová de Coronel? De vez em quando as palavras saem assim, não se sabe de donde...
E assim, nessas conversas, os dias iam passando, passando e passando... Até que, num desses dias, o Noé veio, passou a mão em mim e no compadre e nos soltou pela borda! Ai, que foi uma revoada... Eu tive uma vertigem, tive de desdobrar as minhas asas e quase de aprender a voar de novo. Mas deu certo, e saímos, eu e o compadre, a voar e a voar e a voar...
E fomos indo pelos céus e passando nuvens. Mas lá embaixo só água e água, e mais água... Até que de repente o compadre deu um grasnido mais forte:
– Olha lá, comadre!
Olhei: era um pedaço de terra! Uma ilha! Com árvores! Lá fomos, eu e o compadre, e pousamos, ai! Meus olhos se enchem de lágrimas quando me lembro! Pousamos numa oliveira!
– Compadre, que emoção, eu disse. Vou colher um raminho de oliveira e levar para o meu Sepetiba!
– Comadre, veja bem. Não quero me meter, mas eu, se fosse a comadre, ficava por aqui mesmo, e comigo, numa boa... Nada de voltar! Tenho um pressentimento! Há algo de podre no reino daquela arca, comadre!
– Não diga isso, compadre! Eu tenho de voltar! O meu Sepetiba me espera, e eu vou levar esse raminho para ele!
– Comadre, eu não volto, não. Fico por aqui. Se a comadre mudar de ideia, me encontrará por essas bandas. Boa sorte, é o que lhe desejo!
Eu voltei, batendo as asas e o coração. Mas, mal cheguei na arca, o desgraçado do Noé tomou-me o raminho do bico e saiu gritando para os outros, seus filhos e filhas e a mulher:
– Acabou! Acabou! Esse inferno aqui acabou! Vamos procurar terra e aportar, minha gente!

Ele tentou me trancar de novo na gaiola, mas eu biquei forte a mão dele e ele teve de me soltar. Bati asas para longe, mas não fui embora, fiquei rodando a arca enquanto ele e os filhos corriam de um lado para o outro, desfraldando um velão enorme. Com aquilo enfunado, a arca foi indo, indo e indo até que, bum!, bateu num rochedo, e ali ficou, com as águas baixando rápido, até que ela ficou no seco. Aí aconteceu uma coisa extraordinária.

Primeiro, o Noé abriu a porta do tal de escritório. Aí eu entendi a fúria da mulher dele. De lá de dentro saíram catorze mulheres que se diziam sibilas, de corpo coberto cada uma por sete véus transparentes, com olhos de fogo, e traziam numa das mãos umas plantas com bagas de um roxo vermelho-azulado e muito escuro, a que chamavam videiras, e na outra mão jarras com o que diziam ser vinho, e tinham os pés rubros como aquelas bagas, como se tivessem passado todo o tempo a pisar nelas. E vinham com um ar de embriaguez, e saíram primeiro da arca, na frente dos outros, que logo vieram atrás.

O último a sair foi o Noé, e aí aconteceu a desgraça. Pois ele dirigiu-se aos demais, dizendo:

– Essa arca, na verdade, é um altar, dedicado a Jeová! E eu agora vou devolver a Jeová o que é de Jeová!

Nem tenho palavras exatas para descrever o que aconteceu. É como se eu tivesse de tomá-las emprestadas.

E fez Noé da arca um altar ao Senhor; e tomando de todos os animais, ofereceu-os em holocausto sobre aquele altar. E o Senhor cheirou o suave cheiro, e disse o Senhor em seu coração:

– Não tornarei mais a amaldiçoar a terra por causa do homem, porque a imaginação do coração do homem é má desde a sua meninice; nem tornarei mais a ferir todo o vivente, como fiz. Enquanto a terra durar, sementeira e sega, e frio e calor, e verão e inverno, e dia e noite, não cessarão!

Enquanto Jeová e Noé faziam aquele, para mim, horrendo pacto, as sibilas dançavam e tomavam o líquido rubro das jarras. Seus olhares ficavam mais ainda em fogo. A família de Noé ficava estarrecida num canto vendo aquela sandice toda, e Noé, esse revirava os olhos e gritava:

– Tomai o que é teu, Senhor! A Noé o que é de Noé, e ao Senhor o que é do Senhor!

Isso porque Jeová prometeu que ia refazer a animália toda, e as plantas, e que dali por diante Noé e seus descendentes seriam os senhores de tudo, podiam tomar e comer do que quisessem, desde que não comessem os animais crus e com o sangue ainda quente.

E eu? Eu, a todas essas, assistia impotente àquele sacrifício todo: a arca, como um altar, ardendo numa fogueira só, e todos aqueles animais, e junto o meu Sepetiba, se transformando em rolos de fumo, num churrasco horrendo, com um horrível cheiro de carne queimada se espalhando, só para agradar o Senhor Coronel Jeová.

Chorei, chorei, mas jurei vingança.

– Vou furar os olhos desse Noé assim que eu puder!, disse para mim mesma.

Fiquei à espreita. Logo Noé se pôs no meio das sibilas e entrou a beber daquele caldo rubro escuro. E bebeu e bebeu e dançou e dançou até cair no meio delas, já sem roupa, embriagado e desfalecido. Elas ali o deixaram, e seguiram com seus cantos e danças mais adiante. A família de Noé, cansada daquele espetáculo depravado, se afastara. Mas um de seus filhos voltou e, vendo o pai naquele estado, foi logo contar aos demais:

– Ei, o velho está de porre até não poder mais! É um pagode!

Mas os outros filhos, vendo aquilo, se apiedaram. Vieram e cobriram Noé com um cobertor, para que ele curtisse a bebedeira pelo menos no quentinho. E se afastaram.

Pensei:

– É a minha hora e a minha vez!

Fui indo, asa ante asa, até ele, pronta para furar os olhos daquele desgraçado que assassinara o meu Sepetiba e junto com ele quase tudo o que restara da Criação. Mas ao chegar junto dele... Meu coração tremeu! O que vi? Apenas um velho bêbado, maltratado pela vida, desprezado por um de seus filhos, odiado pela mulher, abandonado pelas sibilas, roncando sem parar, com um bafo de derrubar vivente e levantar morto.

– Que ele fique vivo, pensei. Aqui se faz, aqui se paga. Sua maldição vai ser continuar a viver neste vale de lágrimas. Que viva mais de trezentos anos e sofra muito, e que veja seus filhos e descendentes guerrearem uns com os outros, e se escravizarem mutuamente, e que morra de desgosto. De todo modo, nada trará de volta o meu Sepetiba!
Voei para longe, queria morrer. Mas o tempo foi passando. Vi que Jeová cumpriu sua palavra para com Noé: de fato recriou toda a animália sobre a terra. Mas com uma diferença: os novos animais não eram que nem nós, os da velha guarda: não falavam. Acho que para que não reclamassem por serem dominados pelos homens. Somente os papagaios reaprenderam a falar: mas não conseguem dizer muito. São cicatrizes do nosso passado.
Como não há mal que sempre dure, confesso que, apesar das saudades eternas do meu Sepetiba, terminei reencontrando o compadre Corvo e com ele me acolherando. Éramos os dois únicos animais falantes, agora, sobre a terra. Enfim...
Volta e meia me ponho nostálgica e volto a falar dos tempos da arca e de antes. Mas ele me interrompe, pede que não fale mais da arca nem daqueles outros tempos. E acrescenta:
– Nunca mais!

LIVRO DAS SIBILAS

(Cena: Noite. Ao redor de uma fogueira, as catorze sibilas que saíram da arca de Noé estão sentadas. Bebem do vinho que trouxeram. Uma a uma se erguem, e fazem suas profecias. Das catorze sibilas, treze estão vestidas por mantos translúcidos que se agitam quando elas falam e vão do pescoço aos pés, deixando os braços descobertos. A 14ª está totalmente coberta por um manto negro.)

Sibila 1
– Não trago notícias boas. Nós somos filhas do Sol e dos suspiros de prazer de nossa mãe, Lilith, a eterna! Fomos poupadas das águas do dilúvio porque trazemos em nossa boca o sinal dos tempos. Eu vejo a Terra até o seu confim, e o tempo do começo até o seu fim. Jeová é uma palavra apenas, dentre muitas. O nome de Jeová é o Mistério dos Mistérios. E o Mistério dos Mistérios se oculta atrás de mil nomes. Cada um desses nomes foi gerado em nome de seus filhos. Em nome de cada um desses nomes os homens guerrearão entre si, e se matarão, e chafurdarão no sangue alheio e no próprio sangue, esquecendo que deveriam reverenciar o Mistério dos Mistérios. Os homens esquecerão o amor e a piedade, e em nome dos nomes que inventaram para si escolherão príncipes ladrões, que amam apenas os subornos e o escorcho dos povos, que

cortejarão os mais poderosos lambendo-lhes a sola das sandálias, e pisarão nos pobres, não farão justiça ao órfão nem ouvirão a causa da viúva. Ao contrário, transformarão suas cidades em pocilgas e distribuirão prebendas e prêmios aos que os cortejarem. Não, não trago notícias boas.

Sibila 2
– Não trago notícias vãs. Somos filhas da Luz e da Treva. E Luz e Treva se confundirão. Dia virá em que nesta terra chegará a Palavra do Mistério, na boca dele que bradará por compaixão, distribuirá pão e peixe aos que têm fome e clamará aos céus: "Pai, dai pão a quem tem fome, e fome de justiça a quem tem pão". Muitos dirão que ele é o Messias, porque ele andará entre os simples, acolherá as crianças, as viúvas, receberá os leprosos em seus braços com amor e os beijará, curando suas dores, e à criança doente ele trará paz e repouso e esperança para seus olhos. Outros dirão que ele é ímpio, e é ladrão, e que entre ladrões deverá ser justiçado. Ele, que transformará água em vinho e fará de si mesmo um alimento, beberá do vinagre que lhe darão como recompensa e sentirá o próprio sangue correr entre seus lábios rachados pela violência. Ainda assim ele se erguerá entre os homens como a Luz e a Sombra de suas esperanças, e fará da espada uma cruz de redenção. Mas ao redor dessa Luz e dessa Sombra os homens erguerão edifícios de poder, e farão da cruz espada que se erguerá pela Terra em nome da fúria e da opressão. Em nome do Cordeiro poderosos se transformarão em Bestas sanguinárias. Em nome do Justo haverá quem mate sem piedade, em nome do Justo construirão a Injustiça, em nome do Libertário construirão reinos de escravidão e ódio, em nome do Homem oprimirão as mulheres, em nome da igualdade oprimirão os diferentes, em nome do amor construirão o ódio a quem não seja como eles. Esquecerão a Palavra do Mistério, mas esses que assim fizerem ficarão como os carvalhos que perdem as folhas no inverno. Diante do espelho se verão poderosos, mas serão desertos por dentro e pútridos como as águas podres. Não, não trago notícias vãs.

Sibila 3
— Não trago notícias de concórdia. Somos filhas da Terra e da Semente. Por terras e sementes haverá guerras sem fim. A paz será como uma pequena pomba com um ramo de oliveira no bico. Pobre e desvalida, ela percorrerá o mundo em busca de um canto para descansar. Mas poucos lhe darão guarida, água e alimento. Os filhos desta terra de Hebrom serão perseguidos e, desvalidos, serão confinados entre muros visíveis ou invisíveis. Serão apontados nas ruas, terão sua casa invadida e seus cristais quebrados. Seus cântaros serão entornados entre gargalhadas, eles serão reunidos como gado em grandes carros e levados para campos de extermínio. Dirão que eles emporcalham a terra, fazem dano aos outros, tomam suas terras, seus trabalhos, dirão que eles assassinaram Deus e que por isso merecem toda a maldade que a eles fizerem, porque para eles a maldade sofrida será apenas justiça. Porão estrelas de maldição em suas roupas, e poucos os defenderão. Poucos sobreviverão a esse holocausto. Mas, dentre aqueles que sobreviverem e seus descendentes, haverá quem queira tomar a terra e as sementes de seus primos, e contra estes se voltarão. Em nome da maldade que eles e seus pais e avós sofreram justificarão maldades que venham a fazer. E dentre seus primos haverá também quem use o mal para justificar o mal, e haverá os que usarão até seu corpo como arma de destruição, tirando sangue do sangue, mal do mal, ruindade de ruindades. E o lamento de viúvas e órfãos, pais sem filhos e filhos sem pais cobrirá as terras, atravessará as águas, esperando ouvidos que ouçam. Concórdia não haverá, essa é minha notícia.

Sibila 4
— Não trago novas de esperança. Somos filhas do Sonho e da Profecia. Em nome de sonhos, os homens se entregarão à volúpia dos pesadelos; em nome de profecias construirão a idolatria dos espelhos. Criarão cidades de angústia e podridão, emporcalharão as águas e o ar, cobrirão de fumaça os céus, respirarão enxofre e farão chover chuvas venenosas, tornando estéreis planícies e planaltos, terras e mais terras, construirão a aridez onde antes havia fertilidade, e fertilizarão suas fazendas com sementes daninhas que trarão

doenças que nem sequer imaginamos, nós mesmas, sibilas, que tanto podemos ver ali onde outros nada veem. Em busca da Profecia construirão torres cada vez mais altas, como se pudessem chegar às alturas, disputando qual será a mais alta, qual será a mais bela, para depois destruí-las no furor de suas guerras e reconstruí-las mais altas, desafiando nuvens, e dirão que nisso jaz a semente do futuro. Deixarão de se espelhar nas águas, nos olhos uns dos outros, para verem apenas a imagem dos seus pesadelos de grandeza e desafios aos céus, confundirão amor com orgulho, paixão com poder, desejo com ambição, e assim ameaçarão a própria vida de onde vêm e que poderiam prover. Esperanças? Não as vejo entre minhas palavras.

Sibila 5
— Eu não trago novas. Somos filhas do Relâmpago e das Estrelas. Olho para estas terras, estes ares, estes rios, o mar mais adiante, e nada vejo que não sejam este mar, estes rios, estes ares e estas terras. Minha Palavra troveja aqui, amaldiçoa agora, traz a solidão eterna dos espaços infinitos para pousar nos olhos de quem me vê e penetrar nos ouvidos de quem me ouve. Minha Profecia é esta: corpos fomos até aqui, corpos somos e corpos seremos até o momento de nos dissolvermos na terra, finalmente abençoados pela paz universal, pelos silêncios estelares. A Criação é um corpo: se move, encolhe, se dilata, desperta, adormece, nada passa, tudo se transforma. O tempo é uma ilusão. Tudo é. E é sempre aqui e agora. Se destruirmos um rio, um lago, uma campina, uma floresta, nada há que venha a redimir isso. As árvores queimadas não retornarão à vida. As crianças mutiladas ou assassinadas não serão redimidas pelas que nascerem depois. O pranto da viúva não será remediado pelo choro do nascituro. A flor pisada não estará na raiz que renascer. As perdas são. São, são e são. Nada de novo sob o sol, ou sob a lua, é o que trago para dizer, e me calo.

Sibila 6
— As novas sou eu quem traz. Porque somos filhas do Fogo e da Água. E o Fogo e a Água são os sinais da transformação. O

tempo existe, sim. Mas ele parece mais um arco de tocar viola do que uma flecha: vai e vem, vem e volta, dá voltas e se enrosca com a serpente que dá o bote. O tempo traz surpresas, sim, irmãs! Vejo uma bola perdida no espaço, a dar voltas sobre si mesma, e nessa bola os homens navegam, cruzam mares, conquistam terras uns dos outros. O filho será separado da mãe, o jovem do ancião, o irmão da irmã, o marido da esposa, homens brancos por fora e trevosos por dentro arrancarão famílias de sua terra natal e as levarão para longe, para trabalhar a terra, as plantações, as rodas e pedras de moinho. Esses homens esmagarão vidas inteiras como se esmagam plantas e sementes para obter-lhes o sumo e a farinha. O tempo pode ser amargo como o vinagre e o fel. Mas haverá quem se erga em nome dos desvalidos e haverá desvalidos que erguerão a cabeça e olharão para o futuro com desejos de liberdade. Tudo pode mudar. Essa é a nova que trago, eu, filha, como minhas irmãs, do Fogo e da Água.

Sibila 7
– Eu, como minhas irmãs, sou filha do Sal e da Pedra. O sal é fecundo, se dissolve na água, protege a água. Na seca, o pastor previdente dá sal para seus animais, e assim eles têm mais resistência. A pedra é o símbolo da resistência. Se uma marreta a fende, a pedra vira duas. Esmigalhada, ela se transforma em milhares de pequenas pedras indestrutíveis. Pó, ainda assim ela resiste, invisível para quem não conheça a sua coragem. Há quem aprenda com o sal e a pedra. Ou se deixa dissolver para garantir a vida, ou não se deixa abater, mesmo se a marreta aparentemente a destrói. Não se pode agrilhoar o sal, não se pode dissolver a pedra. O sal brilha na noite, a escuridão da pedra ressalta de dia. Eis a notícia que trago, há quem aprenda com o sal e a pedra.

Sibila 8
– Eu sou filha da Lã e da Agulha, que são nossas mães comuns. Elas, com paciência, tecem o tecido dos dias. Vejo mulheres de lã e agulha, e paciência sofrente. Mulheres a quem tudo será negado: a voz, a palavra, a fecundidade do prazer e até o prazer

da fecundidade. Mas elas continuarão a tecer o tecido dos dias. Elas trarão no ventre, nos olhos, nas mãos, os véus do futuro. Despertarão insones no meio da noite e com seus gritos chamarão a aurora, de seus peitos fecundos nascerá o fino fio da vida, o manto com que protegerão seu corpo de homens vacilantes em suas torpezas. Cheios de vingança, haverá homens que tentarão silenciá-las, esquecê-las, condená-las às galés da eterna servidão. Mas isso de nada adiantará: o grito dessas mulheres devassará o infinito, revirará os céus, deuses serão destronados por causa de sua sede de justiça e liberdade. Vejo dias frementes no futuro, eu, filha e mãe das que trabalham com a Lã e a Agulha.

Sibila 9
— Eu sou filha do Cinzel e do Arado, que são nossos pais comuns. Haverá quem queira separar o Arado do Cinzel, deformando mãos para que só possam empunhar um ou outro, mas não os dois. Quem empunhar o cinzel terá pés de barro, que se quebrarão se ele quiser arar a terra. E quem empunhar o arado terá as mãos e os dedos tão grossos, com seus calos, que o cinzel delas e deles cairá, se quiser empunhá-lo. Aos primeiros será negado o prazer de produzir o alimento e aos segundos será negado o prazer de ler e escrever. E haverá quem, com mãos só afeitas para empunhar as armas, com a boca só desenhada para dar ordens, pretenderá destruir quem quiser mostrar ao acorrentado ao arado a beleza da escritura e do desenho, e haverá quem destruirá aqueles que quiserem ensinar ao cinzelador a beleza de arar. E assim correrão cinzeladores e aradores como rios separados, entregues somente a suas fainas, sem pensar em erguer a cabeça e olhar por sobre a represa que os separa. É o que predigo, eu, como vós outras, filha do Cinzel e do Arado.

Sibila 10
— Somos, sibilas de Sião, Hebrom, Judeia, Samaria, irmãs de outras sibilas de distantes terras outras, sibilas negras, sibilas de pele acobreada, sibilas de olhos de amêndoa, do Oriente e do Ocidente, do alto das montanhas e dos confins do mar, filhas

também do Olhar e da Palavra. Ardem lágrimas e flechas no olhar, ardem gargantas e ouvidos pela sede das palavras. Haverá muros? Os olhares os atravessarão, as palavras os derrubarão. Porque olhares e palavras são punhos erguidos contra os céus da injustiça. Olhares e palavras devassarão sótãos e porões, como aríetes palavras e olhares derrubarão fortalezas e arrebentarão correntes, clamando por luz, ar, alimento, voo, clamando que o suor que perle as testas não deva construir a guerra e sim a paz, a palavra espocando nas bocas não deva glorificar o vencedor e esquecer o vencido, o olhar não deva olhar apenas a estátua ou o templo e esquecer quem os construiu. Haverá palavras ardentes que incendiarão os corações e olhares fulgurantes que incendiarão as palavras. E nós, sibilas irmãs de todos os quadrantes, celebraremos a Palavra e o Olhar.

Sibila 11
 – Nós somos as Sibilas, descendemos do Sim e do Não. Por nosso corpo passam todos os espantos do universo. Olhamos para o céu noturno e vemos além do negror. Olhamos para o céu diurno e o seu azul para nós é transparente. Aceitamos o fluxo da vida como ela vem e toma forma em nossa garganta para lembrar a todos todas as formas que o futuro pode ter. Profetizar é lembrar o futuro, como as crianças se lembram do que querem ser. Somos as crianças da criação, podemos dar as mãos e dançar em torno dessa fogueira até o amanhecer. Somos as porta-vozes da alegria de viver. Mas também sabemos nos calar. Nada diremos a quem bafeja o ódio: o ódio contra as crianças, o ódio contra as mulheres, o ódio contra os outros, o ódio contra o futuro, o ódio contra a mudança, o ódio contra a vida e seu transbordo de maravilhas. Perante esses ficaremos em silêncio, amaldiçoaremos sua alma para que padeçam com o verme do remorso que lhes corroerá as entranhas, e com o fogo de suas tripas que exorbitará de seus olhos em cuspidas repulsivas de lágrimas de lava escorrendo por seu corpo, fendendo a pele em feridas incicatrizáveis. Somos as filhas do Sim e do Não, da Lágrima e da Lava.

Sibila 12
— Como minhas irmãs, sou filha do Junco e do Rio. Curvo-me à sabedoria das águas, deixo-me acariciar pelos peixes em desova, saúdo o frenesi das bolhas que saem de suas bocas enquanto se unem por suas bocas sugando seu prazer. Ouço nas águas a sabedoria das fontes e a paixão da foz: entrego-me a volúpia do sal que penetra as águas doces no encontro das marés e deixo-me levar pelo tropel das águas que nascem das terras e desaguam no mar, no sangradouro das correntes que vão até o íntimo dos oceanos. Também acato em minha passagem a sabedoria do junco, fincado ao barro fértil enquanto as águas passam ligeiras, o junco que semeia juncos, que nasce das águas e voa como cabelos de mulher ao vento, lançando uma canção de assovios que suavemente açoitam e se acolhem no ouvido dos pescadores. Ouçam, os que escutarem o meu canto, a migração do Rio e a seiva de raiz do Junco, eu, a Sibila mãe de peixes no cio do prazer e da fecundação. E digo que ao fim dos tempos o Homem amará o Homem em todas as formas de amor! E o anjo se fará demônio e o demônio se fará anjo, e dançarão na foz e fonte dos tempos.

Sibila 13
— Novas? Sim, novas: somos filhas do Triz. O Triz é completo e aberto. Tem tudo. Tudo acontece por um Triz. Nascemos ou deixamos de nascer por um Triz. Morremos ou deixamos de morrer por um Triz. Somente o Imortal não conhece o Triz. Para ele, tudo é uma explosão contínua do mesmo conhecimento infinito e eterno. Por isso o Imortal desconhece o Prazer, desconhece o blefe, desconhece o despertar e o adormecer. Por isso o Imortal teve de criar o Povo do Triz — os humanos — os que estão sempre, ricos e pobres, jovens ou velhos, perdidos ou achados nos labirintos da existência. Por que tudo é por um Triz: o amor, a paixão, o encontro ou o desencontro. Reinos e reis mergulham no esquecimento por um Triz. Haverá um rei que desaparecerá na batalha por um Triz. Haverá outro que nela morrerá, mas ninguém ficará sabendo, por um Triz. Nações inteiras passarão a existir e outras desaparecerão ou nem virão a ser por um Triz. Tudo é novo sobre

a terra, porque tudo é por um Triz, e o Triz é tudo. Essa é a nova que trago, eu, nós, filhas do Triz.

(Até esse momento, a última Sibila permanecera oculta sob seu manto negro. Agora ela se ergue e o arroja de si. Desnuda, ela se aproxima da fogueira e sacode a cabeleira negra. Diante do fogo, sua pele muda constantemente de cor, ficando rubra, branca, negra, parda, violácea, dourada, todas as cores ocupando ao mesmo tempo partes diferentes de seu corpo.)

Sibila 14
— Eu sou A que sou. Eu sou Quem eu sou. Eu sou a Mulher que não nasceu de Mulher nem de Homem. Eu sou a verdadeira metade de Adão, a que com ele foi criada do pó e do cuspe do Imortal. Eu sou Lilith, a da chama que arde pelos olhos, a da carne insaciável, eu sou o Rubi e a Esmeralda. Eu sou o Ressentimento, o Ódio, o Ciúme, a Coragem e a Ousadia sem Remédio, Aquela que veio pôr Fogo no Universo, trazer-lhe os Buracos Negros e Insondáveis, onde a Matéria se destrói e se recria. Eu sou o Verbo Desencarnado, e eu profetizo: dia virá em que o Mundo poderá terminar em Escuridão e Pavor, Vento e Tempestade. As Areias do Deserto se erguerão e encobrirão o Céu e o Sol. Os homens, aterrorizados, implorarão o Perdão. Mas não haverá Perdão. A não ser que... se ajoelhem, desistam de seu Orgulho e beijem todos, machos e fêmeas, o Manto Azul que uma Mulher lhes alcançar. Porque só essa Mulher, em sua Fertilidade Cósmica, com seu rosto negro, em seu Abraço Universal sem fim, poderá salvar o mundo da Desesperança. Ela juntará os espaços desunidos, e então a pomba da paz encontrará abrigo na copa da palmeira. É o que Eu, Lilith, a Desmedida, profetizo.

(Lilith arroja seu manto sobre a fogueira, que se apaga, mergulhando tudo na escuridão).

RELATÓRIO DO QUERUBIM EZAZIEL

Ao Diviníssimo, Altíssimo, Tudíssimo,
Essencíssima Soma de Todos os Poderes.
Assunto: A destruição de Sodoma e Gomorra, acontecimentos correlatos e recomendações.
Caráter: Secretíssimo.

Muito Prezada Vossa Divinessência.

Em cumprimento aos meus designados deveres, entre eles o de relatar a Vossessência tais acontecimentos, passo a compor estas mal talhadas linhas.

Não quero dizer com isso que Vossemerência não tenha conhecimento de tudo de antemão, só estou querendo cumprir com o protocolo estabelecido desde que nossas, aliás, Vossas Forças, sob o comando do Arcanjo São Miguel, derrotaram o Eixo do Mal comandado por Lúcifer, Satanás e Belzebu.

Lembro que nosso Órgão Superior, a CIA (Central de Inteligência dos Arcanjos) determinou que nosso departamento especializado, o FBI (Fórum do Bem para Investigação) organizasse uma missão de levantamento prévio de informações na região que, potencialmente, seria alvo de uma então futura intervenção de nossa Usaf (Força Aérea Soberana e Unificada), sua sigla em nosso código secreto de inversões.

O objetivo dessa missão era confirmar informes de nossos agentes infiltrados de que na região-alvo haveria aliados potenciais que não estariam sob influência nem domínio dos inimigos do nosso, quero dizer, do Vosso Regime Divinocrático.

Procedendo-se a escolha da força-tarefa, foi ela composta por mim, capitão comandante, e pelos sargentos-querubins Selatiel e Misoel.

O primeiro passo foi nos camuflarmos de modo a assegurar que nossa verdadeira identidade não comprometesse o objetivo da ação. Isso não foi fácil, dado o tamanho de nossas asas, mas tivemos sucesso. Eu me disfarcei de corcunda, Selatiel carregava um saco nas costas e Misoel colocou nos ombros um estofamento e vestiu uma manta com um furo no meio, na altura do pescoço, chamada "poncho", de modo a parecer muito mais ombrudo do que era. Concertamos que nos apresentaríamos como comerciantes de azeite da distante terra de Ur.

O segundo passo foi nos dirigirmos ao campo do levantamento e alvo da futura ação libertadora. Partimos ao raiar do sol e chegamos ao primeiro objetivo com o sol a pino. Foi longo o percurso, porque para mantermos nossa codidentidade não podíamos voar, tínhamos de caminhar. Inclusive, para parecermos mesmo comerciantes nesses tempos primitivos, tínhamos de chegar com as sandálias cheias do pó dos caminhos.

Nosso objetivo primeiro era, na cidade de Sodoma, investigar se um certo Ló de Tal coincidia com a descrição de nossos agentes infiltrados, como sendo elemento fora do nefasto círculo de influência de nossos inimigos, e se, a partir de sua casa, poderíamos organizar uma célula de intervenção na área designada.

Quando entramos na cidade, logo notamos que, apesar do disfarce, nossa presença despertava uma grande curiosidade entre os passantes, que se voltavam para nos observar, e alguns mais ousados nos dirigiam estranhos assovios. Depois descobrimos que, pelos costumes exóticos que esses nativos tinham desenvolvido, os assovios eram uma espécie de convite para nos juntarmos a suas práticas subversivas e de guerra psicológica adversa em relação à moral e aos bons costumes.

Fomos à casa desse tal de Ló, que nos recebeu com sua esposa e suas filhas, em número de duas. As filhas, esclareço. Ele nos recebeu com os salamaleques de costume, isso de lavar pés, oferecer bolos. Nós querubins não precisamos comer nem beber, mas assim fizemos para não despertar suspeitas sobre nossa verdadeira identidade. Eu e Salatiel comemos com frugalidade; Misoel, no entanto, fartou-se à larga e pediu mais, e também tomou com vontade o vinho que Ló ofereceu, estranha premonição do que viria depois.

Foi quando notamos que um grupo de elementos suspeitos se concentrara na porta da casa de Ló. Um deles se adiantou e bateu à porta. Disse então o elemento:

— Ló, queremos que os estranhos aqui venham, para que nós possamos fazer *aquilo* com eles.

Por *aquilo* Vossa Divinessência pode muito bem imaginar, já que tudo sabeis, o que eles queriam dizer. Eu e Salatiel nada dissemos. Mas o Misoel falou:

— Que será isso de *aquilo*?

Eu dei um cutucão com o cotovelo na costela minga dele. Mas não adiantou. Ele repetiu a pergunta, alto. Eu o chamei no cantinho e disse:

— Misoel, você não viu os filmes no seu curso de formação como agente 00Q, Zero-Zero-Querubínico?

— Filmes, que filmes?

Aí, Magnífica Divinessência, eu percebi as deficiências de nossa USP (Universidade da Sapiente Providência). Mas eu disse:

— Os filmes que nossa Magnifiquintessência permitiu a produção, a partir de Sua Sagrada Onisciência, o que inclui lugares futuros como Hollywood e Cinecittà sobre certas práticas humanas, como, digamos assim, o sexo, ou o pôr *algo* no meio *dali*, entende?

— Não, não vi. Quando eu fiz o curso de Formação, o céu inteiro estava convulsionado administrando um tal de Dilúvio Universal. A gente só viu uns quadros, em retábulo escavado na madeira, em que apareciam os tais de Adão, Eva, Caim e Abel.

— Bom, agora não adianta discutir, eu disse. É o seguinte: quando eles falam *fazer aquilo*, eles querem dizer pôr *aquele*, entendeu, não *naquela*, que só as mulheres têm, mas *naquilo*, que todo mundo tem, sacou?
Fora, o elemento insistia, batendo na porta.
— Queremos fazer *aquilo* com eles, Ló. Não seja egoísta. Não guarde os recém-chegados só para você. Reparta conosco.
Ló estava perturbadíssimo. Gritou para fora:
— Não façam isso! Esses viajantes não são o que vocês estão pensando! (Acho que ele percebeu quem éramos.) Isso tudo vai dar merda! Eu vou perder tudo aqui, meus rebanhos, minha horta, meu jardim! Olhem, eu vou fazer uma proposta. Uma negociação. Tenho aqui minhas duas filhas, novinhas, intocadas. Vocês podem se fartar nelas, mas deixem esses recém-chegados em paz, senão vocês vão comer do pão que o diabo amassou. E eu, das pedras que ele cuspiu!
Nessa altura, uma das filhas de Ló falou:
— Que vergonha, pai! Como pode propor isso? Você nem nos consultou!
Mas a outra, a mais nova, gritou para fora:
— Topo! Vocês podem fazer comigo tudo, inclusive *aquilo y otras cositas más*! Uêba!
Mas a massa lá fora estava ensandecida. O elemento na porta continuou batendo, gritando:
— Nós queremos tudo, então, e vamos invadir! Estamos cansados de nós mesmos! No momento, nós somos os *sem-aquilo*. E vamos entrar. Queremos *aquilo, aquela, aquila e aquelo e aqueloutro*!
Nessa altura o Salatiel me cutucou debaixo da asa e disse:
— É hora de agir. Plano B. Manual, pedra 19, linha talhada X12.
Não hesitei. Abri a porta e lancei uma bola de fogo — uma granada de luz, se Vossetereassência me permite a palavra — para fora, que cegou todo mundo. Disse a Ló que nós voltaríamos, que ele empacotasse tudo e se preparasse para partir. Catei Salatiel e Misoel pela mão e saímos de fininho, no meio da fumaça que minha ação tinha criado. Fomos para Gomorra, investigar a situação por lá.
A recepção em Gomorra foi muito diferente daquela em Sodoma. Pra começo de conversa, Gomorra tinha um portão de entrada

e um muro ao redor, coisa que Sodoma não tinha. No portão, um guarda nos recebeu e, depois que nos apresentamos como comerciantes de olivas e azeites, ele disse que nos encaminharia à presença de Sua Majestade Herma I para tratativas. Já achei estranho aquilo de haver uma rainha mulher, mas enfim, como se diz no céu, cada nuvem com seu uso, cada estrela com seu fuso.

Fomos ao palácio da rainha, e ela nos recebeu com seu manto coberto de joias. Fiquei impressionado com sua altura, bem maior do que qualquer um de nós, e pelo aparente avantajado de suas formas sob o manto. Ela nos disse, com uma voz rouca:

– Que quereis de nossa terra, ó viajantes, e que trazeis de vossas lonjuras?

Ela nos olhava cheia de olheiras, olhares e piscares de olhos. Mas, intrepidamente, continuando nosso papel, falei:

– Nobre Majestade, somos negociantes de olivas e azeites, secos e molhados, produtos de armarinho etc. etc. e queremos intensificar o varejo e o atacado entre nossas terras!

E ela retrucou:

– Lorotas! Eu sei muito bem quem vocês são! Não me venham com isso de comércio. Vocês são anjos do Serviço Secreto Celeste e vieram aqui bisbilhotar nossas terras, isso sim! Mas eu vou dar uma chance a vocês!

Aí ela piscou de modo provocativo para o Misoel e disse com a voz mais rouca ainda:

– Por acaso vocês são amantes dos Prazeres Paradisíacos e das Tentações Infernais? Mmmm... Meu nome é Herma, mas podes me chamar de Frodita...

Nesse momento abriu-se uma cortina por detrás dela e entraram pelo salão dançarinos e dançarinas com tarolas e flautins, e à medida que iam entrando as suas roupas iam caindo e eles entregavam-se a todo tipo de perversão que se possa imaginar, todos e todas pondo tudo o que tinham, seus *aqueles* não só *naquelas* e *naquilos*, mas também *alhures e algures* pelos corpos afora, e os dedos entravam em cena, e eram homens nos homens, homens nas mulheres e mulheres nas mulheres e mulheres nos homens e aos três e aos quatro e aos borbotões sem parar, meu

bom Jeová de Matosinhos, mas o pior ainda estava por vir. Ela foi falando:
— Sei que vocês estiveram em Sodoma! Aquilo lá é uma nonada perto disso aqui. Lá é uma república, uma mera putaria, uma anarquia. Aqui não. Aqui imperam a Ordem e o Progresso, o Método e a Formação! Nosso povo é treinado desde criança nas nossas escolas, começando com as matérias Incesto I e II, depois vêm as Fratrias de I a IV, Masturbatio para Principiantes e então começam as Especialidades: Frutas e Legumes, Cobras e Lagartos, Peixes e Aves, Rebanhos I, II e III, ou Ovelhas e Cabras, Vacas, Touros e Cavalos, Camelos e Dromedários, e por aí vai até chegar no Diploma Máximo *Summa cum Laude*, Sexo Multiplex Avançado. Mas não estamos satisfeitos, queremos agora introduzir uma nova disciplina, o Sexo dos Anjos... O que me dizem?

Eu gritei:
— Vade Retro, Satã! Vôte Cobra Tutufum Treis Vez! Meu pai Ogum me protege! (Desculpe, Altíssimo, nessas horas vale tudo.) Arreda, Capeta, Cafu, Arruda nas Tuas Ventas e Urtiga no teu... Nem tive coragem de terminar.

— Ah é?!, disse a Rainha. Pois então vai ter!

Num átimo ela deixou cair o manto e nossa!... Cruz Credo! (Desculpe a antecipação.) Aquilo era o corpo mais lascivo que já vi, se torcendo que nem cobra na fogueira, porque de seu corpo enegrecido e coberto por uma pelugem fofa saíam chispas e seus olhos brilhavam enquanto seus requebros sacudiam seus seios e, oh! Meu Deus (desculpe a intimidade, mas depois que a gente talha é duro apagar), ela, ou seria... O quê? Aquilo tinha no meio das pernas um *AQUELE* maiúsculo, maior do que o de um, não, o de três cavalos juntos, e logo embaixo uma *AQUELA* que parecia uma fornalha peluda de tanto que latejava! E, para completar, ela tinha asas de dragão das costas, que desdobrou deixando cair novas fagulhas e de cima do seu *AQUILO* saía um rabão comprido que se torcia todo e terminava em seta!

Era tão horrendo de se ver que a gente não conseguia desgrudar os olhos, e certamente as coisas acabariam mal para o nosso lado, apesar de nossas ânjicas qualidades, não fosse o Misoel entrar em

transe e em cena. Seus olhos cresceram demais de demasia, ele sacudiu o manto e as ombreiras para longe, rasgou o resto das roupas de comerciante, desdobrou as asonas e produziu um vento terrível, e, enquanto deixava ver o sexo mais avantajado que já vi em anjo, ele trovejou com uma voz que parecia, na verdade, saída do inferno:
— Se você quer brigar, e acha que com isso estou sofrendo, se enganou, meu bem! Pode vir quente, que eu estou fervendo!
Daí ele assoprou ligeiro no meu ouvido:
— Mandem-se vocês! Eu seguro essa bisca ou esse bisco aqui! E não olhem para trás. Cumpram a missão!
Ele então avançou com as asonas abertas e se atracou na bruaca, e aquilo foi uma coisa terrível de se ver, porque eu não aguentei e olhei para trás enquanto voava com o Selatiel para fora do Palácio e de Gomorra. Na verdade, não dava para dizer o que ele e a piranha — ou tubarão, sei lá — faziam. Se era mesmo um pega pra capar (desculpe a linguagem chula, mas não há como descrever aquilo de outro jeito) ou se era a esfrega de amor mais infernal que já se viu e vai se ver na Criação. Eles se agadunhavam com tamanha vontade, e babavam, e se enchiam de gosmas e fagulhas, e se penetravam com todos os seus *aqueles*, *aquilos*, *aquelas* e mais pronomes definidos e indefinidos em todos os buracos de seus corpos e gemiam até hoje não sei se de dor ou de prazer e, ai, Jesus! (desculpe de novo a antecipação, mas não aguento), o que ele fazia com as penas de seus asões e Elela com a ponta do seu rabo era de fazer corar a mais meretrícia das meretrizes! Elela não deixava de ter razão: Sodoma era café pequeno perto daquilo, enquanto a turma ao redor caía num frenesi danado, uns tocando as tarolas até arrebentar e outros usando os flautins para... Nem Vos talho isso!
Despachei o Selatiel ao céu com ordens de enviar nossas — desculpe — Vossas Esquadrilhas Celestes para bombardear — desculpe de novo, quero dizer — libertar Sodoma e Gomorra de suas tiranias — dos sentidos ou outras — e eu voei até a casa de Ló e mandei-os se tocarem para o deserto em busca de outras paragens que ali o pau ia comer feio (desculpe de novo o lapso), e ainda disse, seguindo o conselho do Misoel, que eles não se voltassem para trás. E fomos indo, com aquelas filhas dele querendo saber o que ia acontecer, e

a mais alarifa dizendo que queria também participar da festa, e fui tocando a tropa para longe enquanto sobre nossa cabeça passavam as esquadrilhas aliadas de querubins-caças e querubins-bombardeiros que foram despejando fogo vivo, enxofre e napalm sobre tudo aquilo. Eu não aguentei e, usando meus poderes de querubim me voltei para olhar, e vi o quadro mais horrendo, embora purificador para quem vira tanto pecado, que já vi e verei na minha vida eterna, aquelas formas humanas e já desumanas se estorcendo, desossando e esturricando no meio do fogaréu... e no meio, bem no meio daquele inferno, ainda o Misoel e Aquelela dançando e lutando e se esfregando como se fossem os soberanos daquela destruição.

Quando dei por mim de volta, tudo se acabara, e só havia destroços e cadáveres fumegantes e esparramados onde antes houvera duas cidades. Misoel e Aquilaquelaquela tinham desaparecido. Foi quando reparei em algo sem movimentos ao meu lado. Olhei melhor e – Santa Mãe! – era a mulher de Ló, que também se voltara e ficara petrificada pelo horror que vira. Ela era porosa e branca. Parecia sal. Provei, e era mesmo. Prova de que há coisas que os anjos podem e os humanos não podem. Senti um pouco de remorso, porque se eu não tivesse me voltado ela também não teria. Enfim... Quem no céu estiver sem pecado (não incluo Vossesseressência nisso) que me atire a primeira pena.

Por fim, Senhor Altíssimo, talho algumas recomendações finais. Penso que o nome de Misoel deva ser riscado dos futuros autos. Para que três anjos, se dois dão conta do recado, quero dizer, da narrativa? E também recomendo que as descrições relativas a Gomorra sejam eliminadas de qualquer relato. O exemplo de Sodoma basta. Que se mencione apenas o nome da outra cidade.

Ademais, essa história toda vai continuar entre sacanagens, a começar pelas das filhas de Ló com o próprio Ló, com a desculpa de que eles achavam que não havia ninguém mais no mundo. E o reino da sacanagem não teve mais fim.

Assim, despeço-me com todo o respeito, e atenciosamente,

Ezaziel, Agente 00Q1 do FBI, para a CIA e para o Senhor dos Exércitos.

Hosana nas alturas e paz na Terra aos poderosos de boa vontade!

LIVRO DE ZEBOLIM, O ESCRIBA

Eu sou Zebolim, da casa de Levi. O patriarca de meu clã foi dos que vieram com José para o Egito, em busca de dias melhores. Eles foram ficando, mas depois de um tempo tudo piorou. O Faraó amigo de José morreu, José morreu, e toda aquela geração se foi. E o Faraó que o sucedeu deu de perseguir os descendentes de José, talvez porque odiasse o pai, segundo nos explicou um douto doutor de nossas tribos, e botou-nos no serviço duro: amassar barro com palha e fazer tijolos. Ou então ir às pedreiras e transportar uns blocos enormes de granito e outros materiais. Porque o Faraó queria que ele e seus descendentes construíssem coisas grandiosas, pirâmides, esfinges, estátuas enormes, colossos, e ele achava que viriam gentes de muitos longes para ver essas construções e assim o Egito ganharia muito dinheiro, trazido pelos forasteiros curiosos. Esse Faraó devia de ser muito maluco para pensar numa bobagem dessas, mas ele assim pensou, e com seus soldados, feitores e capatazes botou os hebreus na canga, ou a canga nos hebreus, e desde então, por todos esses tempos, os hebreus trabalhavam como mouros. E havia mais gentes pegando no pesado: uns negros como a noite, outros pardos como o barro, terceiros de pele acobreada como os crepúsculos escuros e ainda outros de olhos azuis e até uns de olhos puxadinhos que nem uma risca, todos vindos de todo lado, trazidos à força de chicote e ponta de lança, porque os soldados do

Faraó eram cutubas e não davam moleza a ninguém. E todo mundo dá-lhe que dá-lhe a amassar barro e palha e a moldar tijolos, ou a arrastar pelas areias do deserto aqueles pedrões enormes, enquanto uns doutores de estilo e papiro na mão escreviam coisas e faziam cálculos sobre como seriam os templos e pirâmides e esfinges e outras coisas perfeitamente inúteis. E era assim desde que José e o Faraó amigo morreram, assim diziam os anciãos que chefiavam as tribos de Israel, que assim passamos a nos chamar, embora, nesse tempo, o nome hebreu tivesse virado quase sinônimo de "escravo". E escravo que mourejava como poucos. Enquanto isso, o Faraó e sua corte ficavam numa boa, mandando nos soldados, e os soldados também ficavam numa boa, mandando em nós. E os sacerdotes, que recolhiam grãos e impostos para o Faraó, também ficavam numa boa, mandando em todos, às vezes até no Faraó. Só nós ali na durindana.

Eu expliquei isso apenas para compor a moldura do quadro. Ainda bem que estivemos no Egito, apesar da trabalheira que nos coube, porque pelo menos naquela terra adiantada eu podia escrever com estilo e papiro, ou em tabuinhas cobertas com barro fresco, e não ter de talhar a pedra como meus antepassados. Eu sou um escriba da última geração. Assim posso me dar ao luxo de escrever estas metáforas: "compor a moldura do quadro". Temos até poetas entre nós. Escravos poetas, imaginem, só num país de primeira e adiantado como era o Egito, verdade seja dita!

Mas voltemos ao quadro. Como escriba, fui chamado às pressas por meu tio Arão para secretariar uma reunião secreta que aconteceria naquela noite, na casa do conselho dos anciãos. Lá chegando, vi que, apesar da reunião ser secreta, a casa estava abarrotada de gente. Se ela tivesse pelo menos uma janela, a gente diria que tinha gente saindo por ela. Mas janela era coisa de casa de rico, ou poderoso. E ali ninguém era nem um nem outro. Embora alguns tivessem a vida mais fácil do que outros: uns até comerciavam com os egípcios, outros arranjavam comida, vestimentas e remédios, até vinho para os demais escravos, outros ainda, como eu, éramos escribas e escrevíamos cartas, ou fazíamos a contabilidade mediante pagamento estipulado: éramos assim uma "classe média", como ouvi dizer. Mas era todo mundo hebreu igual, ou pelo menos meio igual.

A reunião começou. Arão tomou a palavra e disse:
— Todos aqui conhecem meu irmão Moisés, que de há muito fugiu para o deserto e agora está de volta. Todos sabem também que ele nasceu de mãe hebreia da casa de Levi, e que ela, temendo sua morte, colocou-o numa cesta de junco e ele flutuou até a casa da filha do Faraó, que, não tendo filhos, tomou-o das águas e o criou. E ele, já adulto, sendo favorito do Faraó, surpreendeu um soldado maltratando um dos nossos e deu-lhe tal sova que ele morreu – o soldado, claro. E por isso ele teve de fugir e ficou no deserto além do monte Sinai, e lá casou, teve filhos e tal, e criou rebanhos e coisas mil. Mas vai daí que o Senhor lhe apareceu e lhe deu a missão de nos libertar, e ele agora está aqui e tem muito a dizer. Por isso...
— Se ele tem muito a dizer, por que não diz ele mesmo?
Arão parou a arenga e olhou furioso para quem dissera aquilo. Era um jovem dos nossos, hebreu também como todo mundo, mas conhecido por seu temperamento, digamos, rebelde, e por ser tremendamente crítico de tudo. Nós o chamávamos de "Jovem Márques", porque ele ficava o tempo todo a "marcar sua posição", como dizia, sempre diferente da dos outros, e as pessoas já gozavam dele quando ele tomava a palavra, e diziam: "pois então que marques logo a tua posição e vá ver se estamos em Sião". Apesar de jovem, tinha uma barba alentada e um tom grave como se fora um ancião.
A interrupção do Jovem Márques causou constrangimento e furor entre os anciãos, mas despertou simpatia do grupo de jovens com quem ele sempre andava, inclusive de algumas jovens que tinham um comportamento às vezes atrevido e irresponsável, eram respondonas e sempre causadoras de quizílias e desavenças, como o Jovem Márques. Usam uns nomes estranhos entre si, não os nomes regulares e comuns daqui do Egito, como Om, Zebulom, Zifiom, Zilpa e Eí, Issacar, Quéops, Quéfren, Miquerinos. Não! Eles querem ser diferentes, e inventam nomes de guerra estranhíssimos, como Friedrich e Karl, Vladimir e Bronstein, Ossip e Maiakovski, Luxemburga e Olga, Ruiz e Ernesto, e – imaginem! – Luís Carlos e Antonio! Esses últimos então são de

morrer de rir! Os desse grupinho estão sempre conspirando entre si e usando palavras que só eles entendem: "proletariado", "mais--valia", "acumulação primitiva", "o modo hindu de produção", "o fetichismo das commodities", e outras que devem pertencer a alguma estranha língua morta ou a um dialeto remoto de alguma tribo perdida no tempo e no espaço.

Mas o Arão não se perdeu e continuou a arenga:

– Todos aqui sabem que meu – desculpem – nosso irmão Moisés teve uma infância atribulada! Foi jogado n'água quase logo que nasceu, com três meses! Foi recolhido por uma mãe madrasta, e do povo nosso inimigo de agora! Pobre Moisés! Isso, meus amigos, deixa traumas! Traumas? Sim, traumas! Olhem o nosso irmão Sigismundo, do clã dos Psiqueus: ele explica isso! Não é?

Do lado dos Psiqueus, um velhinho barbudo se levantou e acenou que sim.

– É a idealização do segundo nascimento..., ele começou. Mas o Arão cortou.

– Obrigado, Rabino Sigismundo!, disse o Arão, com sua verve natural. E continuou:

– Todos sabem que meu irmão, desculpem, nosso irmão Moisés é gago! Está na Bíblia!

Um dos anciãos se levantou e disse:

– No quê?

– Nos nossos pequenos rolinhos, disse Arão. Esses que nunca farão sucesso, nunca venderão exemplares suficientes para pagar quem os escreva. Esses rolecos que diante das arquiteturas grandiosas dos nossos inimigos certamente desaparecerão no pó.

– Mas, então, o que, por tua boca, diz o irmão Moisés?, perguntou o ancião dos anciãos.

E Arão respondeu:

– Meu irmão Moisés esteve em conversação com Jeová, o Supremo, nas encostas do Monte Sinai. E o Senhor lhe falou para nos falar que devemos deixar este país para procurar a nossa Terra Prometida, do outro lado do Mar Vermelho. Devemos procurar o Faraó e manifestar essa nossa vontade. A procura dessa Terra Prometida vai demorar, mas valerá a pena.

Nessa altura o Jovem Márques – como era de se esperar – se interpôs.
– Penso que isso é um equívoco! O importante é enfrentar o poder do Faraó. Derrubá-lo. Para isso, precisamos de todos os escravos, não só de nós, os hebreus. Podemos inclusive contar com a sedição de alguns sacerdotes e membros da corte descontentes. Já comecei a redigir um manifesto a respeito. Começa assim: "Escravos de todo Egito: uni-vos! Nada tendes a perder senão vossas cadeias! Uma análise da conjuntura...".

Mas o Arão quase teve um ataque:
– Para! Para! Pode parar, Jovem Márques! Isso não vai a lugar nenhum! Se tirarmos todos os escravos do poder do Faraó, não poderemos partir. Bem se vê que tu não terás jamais ideias de futuro! Unir os escravos! Que balela! E ainda juntar com eles sacerdotes e nobres, era só o que faltava! Daqui a pouco já vais estar dizendo que é possível construir uma sociedade sem que alguns homens trabalhem para outros! És um parvo sem futuro, tu e teus comparsas! Que dizeis, ó anciãos?!

Para falar a verdade, os anciãos já estavam meio dormindo, mas um deles falou:
– Arão, acaso há outra escolha? Por que nos perguntas sobre o que já está decidido? Se Jeová falou, está falado! Vamos para a Terra Prometida! E se o Jovem Márques quiser ficar, que fique!

Inconformado, o jovem Márques gritou:
– Um outro mundo é possível!

Ele e seus asseclas saíram da sala, cantando um cântico incompreensível:

"De pé, ó vítimas da fome!...
De pé, famélicos da terra!
Da ideia, a chama já consome
A crosta bruta que a soterra!..."

Sem eles, a reunião se arrumou, mas, devo dizer, ficou mais desenxabida. No fim acertou-se formar uma comissão para ir falar com o Faraó, que o Arão tomaria a palavra e, misteriosamente, Moisés seria encarregado dos "efeitos especiais". Ninguém sabia o que era isso, mas, como foi o Arão que propôs, falando por Moisés, que falava por Jeová, ninguém discordou. Vá-se discordar de Jeová! O que se seguiu dá para traçar em dois tapas, embora tenha durado quarenta anos: o tapa que o Arão deu no Jovem Márques quando este armou uma manifestação na porta do palácio logo antes da comissão fazer a sua primeira visita, querendo barrar "aquela negociação com o inimigo de classe", e o tapa que ele deu no rosto de Moisés, no alto do monte Nebo, para que ele visse a Terra Prometida, que já estava ao alcance do olhar. É que o Moisés, já entrado em anos, o pobre, depois daquela caminhada pelo deserto e daquela canseira, cochilou um pouco antes do sol raiar e nos deixar ver aquele pedaço de chão, igual a todos os outros. Ou seja, a pátria amada idolatrada pode muito bem ser um deserto também.

É verdade que no meio houve muita confusão, e muito daqueles prometidos "efeitos especiais" também. As negociações com o Faraó demoraram muito mais do que a gente esperava, devido, sobretudo, à teimosia dele. O tio Moisés teve de botar pra quebrar nos efeitos especiais para conseguir que ele nos deixasse partir. Teve de tudo: para começar o tio jogou sua vara no chão e ela se transformou em cobra, depois ele segurou-a pelo rabo e ela virou vara de novo. Parece que ele aprendera aquele truque nas conversas com Jeová, ainda no deserto. Depois ele tocou o rio Nilo com a vara e ele se encheu de argila: parecia sangue, não dava gosto de beber. E ainda ele alçou a vara para o céu e este se cobriu de gafanhotos e outras pragas. Mas nada comovia o Faraó, que alegava perder a mão de obra barata que os hebreus representavam, e que isso levaria o Estado a uma crise, e que ele teria de tomar empréstimos e isso iria aumentar a dívida soberana e comprometer o superávit primário, enfim, um palavreado absolutamente incompreensível, feito apenas para não deixar que partíssemos.

O Faraó só balançou quando o tio Moisés, sempre através do tio Arão, ameaçou mandar um anjo matar todos os primogênitos do Egito. Ainda assim o Faraó, espertamente, procurou sondar se aquilo era verdade, argumentando que isso poderia muito bem ser uma solução para a explosão demográfica que ameaçava a estabilidade e a governança de seu reinado. Nesse ponto, a dupla dos tios Arão/Moisés lançou mão do argumento definitivo: ameaçaram soltar o Jovem Márques e seus camaradas para que pregassem aos demais escravos. Foi a conta: angustiado, o Faraó cedeu, e pudemos então partir, desde que levássemos conosco, nem que fossem enjaulados, o Jovem Márques e seus terroristas – esse foi o termo que o Faraó usou.

E assim foi. É verdade que depois meu tio Arão me convenceu de que, nos futuros registros, deveria constar apenas a história do sacrifício dos primogênitos e a gente deveria cortar toda e qualquer referência ao Jovem Márques e a seus comparsas, porque ela poderia nos comprometer perante nossos aliados futuros, com isso de ficar pregando a liberdade para todos os escravos etc. De mais a mais, eles mesmos se riscaram da história. Primeiro, o Jovem Márques procurou solenemente os tios Arão e Moisés e os demais da Comissão de Frente da Marcha pelo Deserto e comunicou que, depois de uma análise da conjuntura, eles tinham chegado à conclusão de que a contradição entre as forças sociais e as condições infraestruturais da economia não permitiam ainda uma grande revolução. Portanto, diziam eles, taticamente deveriam nos acompanhar pelo deserto, pois, quiséssemos ou não, éramos a vanguarda histórica da escravaria. Nosso êxodo pelo deserto certamente acirraria as contradições, despertando uma consciência revolucionária por onde passássemos. E assim fizeram. Foram nos acompanhando na marcha, sempre distribuindo suas tabuinhas e papiros, a que chamavam "panfletos", por onde passássemos. Mas depois de algum tempo começaram a discutir a escolha do caminho. Se devíamos ir por ali ou por além. Se devíamos ir para o Levante ou para o Ocidente. A tal ponto que o tio Arão perdeu a paciência e gritou:

– Olhem! Vão para a p... (aí ele mesmo gaguejou, porque sabia, acho eu, que isso iria para os autos). Vão para a pinoia da parte de onde quiserem, seja na direção da casa da generosa mama de vida airosa que lhes deu à luz, seja para o raio que lhes ilumine e ao mesmo tempo lhes fenda os miolos, mas nos deixem em paz! Já chega termos de estar administrando essa malta toda faminta para que colha esses pãezinhos que caem do céu, esse maná para a manada que nos segue, e ainda vêm vocês nos encher o s... (aqui ele parou de novo), vocês vêm locupletar a fonte da fertilidade com essas discussões! Vão! Vão! Toca! Cáspite! Irra! Bofé!

Ninguém entendeu muito o que ele disse. Mas o Jovem Márques parece que sim, porque respondeu:

— Está bem. Nossa aliança tática está comprometida. Vamos seguir caminhos diferentes. Vocês vão para o vosso profetismo utópico, nós para a nossa previsão científica. Adeus!

Eu também não entendi muito bem aquilo, mas registrei. Achei que estava assistindo a coisas de fato proféticas. O fato é que eles desguiaram à esquerda e foi a última vez que os vimos. E ainda, ao longe, ouvíamos seu canto, numa língua certamente inventada por eles para falar em código:

"*Avanti popolo, alla riscossa,*
Bandiera rossa, bandiera rossa!
Avanti popolo, alla riscorsa,
Bandiera rossa trionferá!
Non piú nemici, non pií frontiere,
Sono i confici rossa bandiere...".

E desapareceram no deserto. Tornaram-se a famosa tribo perdida de Israel, que logo virou as tribos perdidas, porque parece que foi tamanha a brigalhada entre eles sobre os caminhos a seguir que produziram inúmeras. E inimigas umas das outras.

Entrementes o Faraó se desesperara. Seus analistas do Ministério da Produção de Grãos, Secos e Molhados o convenceram de que a nossa partida diminuíra consideravelmente o seu "Exército Escravo de Reserva" e que isso fizera subir o custo-Egito, porque os senhores e sacerdotes e o próprio Estado tinham de gastar muito mais para manter vivos os escravos existentes, já que a mão de obra suplementar se tornara escassa, e que assim, depois dessa frase enorme e incompreensível para pessoas de bom-senso, ele deveria enviar seus exércitos para nos repatriar, ou para nos libertar das lideranças nefastas que nos afastavam do bom caminho, que era o da ovelhice no comportamento, ou seja, o da submissão no rebanho.

E o Faraó assim fez. Mas o lançaço lhe saiu pela culatra. Porque quando o exército nos alcançou, nós estávamos à beira do Mar Vermelho. Vi o tio Arão consultando um papiro onde se lia, no cabeçalho: "Tábua das Marés", e ao mesmo tempo o tio Moisés erguendo a vara e mandando as águas se afastarem, coisa que aconteceu de fato. E nós atravessamos aquela maresia, fedendo a peixe morto, a pé. E aí o exército do Faraó tentou nos seguir, mas do outro lado o tio Moisés ergueu de novo a vara e disse:

– Doces e claras águas do Vermelho,
Doce repouso de minha lembrança,
Onde a comprida e pérfida esperança
Longo tempo após si me trouxe velho:

De vós me aparto, sim; porém não nego
Que inda a longa memória, que me alcança,
Me não deixa de vós fazer mudança;
Mas quanto mais me alongo, mais me achego.

Bem pudera a Fortuna este instrumento
Da alma levar por terra, de um povo creche,
Oferecido ao mar remoto, ao vento;

Mas alma, que de cá consigo se remexe,
Nas asas do ligeiro pensamento,
Pera si, água, voa, e ordena que se feche.

Não sei o que causou mor espanto: se aquele palavreado sem pé nem cabeça, dentre os tantos que me pareciam um enigma, ou se o tom direto, sem gagueira, com que o tio Moisés o disse. Não sei de onde ele tirou aquilo, mas foi a maravilha das maravilhas. Enquanto isso, o tio Arão corria os olhos pela "Tábua das Marés", e o exército faraônico enveredava pelo solo do Mar Vermelho com suas pesadas bigas e carretas cheias de suprimentos, logo se atolando no chão barroso e nas poças d'água. E a maré, subindo com um mugido espantoso, como gigantesca vaca presa em imenso pantanal, foi devorando em borbulhas e espumas aquelas armas e barões assinalados que, entre tantas guerras esforçados, fizeram menos do que prometia a força humana: se afogaram.

Essa foi apenas uma das tantas maravilhas da nossa viagem. O tio Moisés indo colher Tábuas escritas a ferro e fogo no Sinai por Jeová, seu encontro com um Bezerro de Ouro adorado por muita gente e sua destruição daquele ídolo (devia ser ouro 14k, não 18k) e muitas outras coisas aconteceram.

O fato é que quando chegamos ao sopé do monte Nebo, à beira da Terra Prometida, minha barba já estava branca e o tio Moisés estava estafado. Jeová, que era Um toma-lá-não-dou-cá de marca, disse ao tio Moisés que ele veria a Terra Prometida, mas nela não poria os pés, porque Ele não gostara das fúrias que o tio tivera.

Achei aquilo injusto. Parecia que fúria só o tio Jeová (ops, desculpe), o Senhor Jeová podia ter.

O fato é que o tio Moisés se assentou, na madrugada, no alto do monte Nebo, e ali adormeceu. Quando o dia raiou, o tio Arão se chegou a ele, deu-lhe um tapa no rosto e lhe disse:

– Olha, mano, é a terra para a qual nos trouxeste.

Moisés abriu os olhos já meio vidrados e disse:

– Só espero que seja melhor do que aquela de onde partimos.

E ajuntou:

– Sôbolos rios que vão
pelo Egito, me achei,
Onde sentado chorei
as lembranças de Sião
e quanto nela passei.
Ali, o rio corrente
de meus olhos foi manado,
e, tudo bem comparado,
Do Egito ao mal presente,
De Sião, tempo passado.

Eu estava mais maravilhado ainda.

E ele ajuntou:

– Minha terra tem palmeiras
Onde canta o rouxinol.
As aves, que aqui gorjeiam,
Não gorjeiam com o sol.

Nosso céu tem mais estrelas,
Nossas fontes têm mais flores
Nossos oásis têm mais vida,
Nossa vida mais amores.

Em cismar sozinho à noite
Mais prazer encontro eu lá;
Minha terra tem mais sol
Onde canta o rouxinol.

Minha terra tem primores
Que tais não encontro eu cá;
Em cismar sozinho à noite
Mais prazer encontro eu lá.
Minha terra tem mais sol
Onde canta o rouxinol.

Não queira Iavé que eu morra
Sem que eu volte para lá;
Sem que desfrute os primores
Que não encontro por cá.
Sem qu'inda aviste o bom sol
Quando canta o rouxinol.

A maravilha maior era a de que, quando o tio Moisés declamava essas coisas, a gagueira desaparecia.
    Mas Jeová foi inflexível.
    Depois do último verso, o tio Moisés fechou de novo os olhos e partiu para a sua Terra Prometida.
    E nós ficamos, até hoje, agrilhoados à nossa.

O ESCRAVO DE JÓ

Eu sou Masquileu, filho de Masquideu, neto de Masquidom e bisneto de Masquidedal, uma nobre casta de capatazes. Eu sou o escravo-chefe de Jó, esse homem metido a santarrão que ficava rezando e louvando Jeová o tempo inteiro enquanto nós trabalhávamos como mouros para encher as suas burras de dinheiro, suas terras de grãos e frutos, seus campos de cabras, ovelhas, bois, carneiros, vacas e bodes.

Pois estava eu posto em sossego, da vida plantando o acre fruito, quando uma nuvem negra ribombou nos céus, se abriu, e no meio dela apareceu Alguém de barba e sobrancelhas brancas e enormes, além de uns pelos gadanhudos que Lhe saíam do nariz. Eu presumi que era Jeová, e estava certo. E Ele me disse:

– Masquileu, quem és?

– Como assim?, retruquei. Que Vossência me perdoe, mas acaba de dizer meu nome, com todas as letras. Vossência sabe quem sou eu, Vosso humilde servo.

– Ó parvo, retrucou o Grandioso. Vocês servos estão cada vez mais se achando! Estás vendo? Em verdade, em verdade, não sabes quem és. Tu és em primeiro lugar servo de Jó, que, ele sim, depois, é Meu servo. Vês? És servo de um servo. Um grão de areia perdido no deserto. Volto a te perguntar: quem és?

– Eu sou Masquileu, o escravo-chefe de Jó, Vosso servo, aquele que, sendo escravo, cuida para que os outros escravos cumpram

as suas tarefas, sejam fiéis ao amo, não se revoltem, procriem para gerar novos escravos e escravas, assim por todo o sempre dos sempres, Amém. Um grão de areia que cumpre o seu dever e sabe o seu lugar. E que não quer olhar estrelas nem imaginar coisas de amor.
— Assim está melhor, disse o Altíssimo. Vejo que conheces bem teu dever e teu lugar. Agora, ouve, ó servo do servo. Vais Me obedecer sem discutir. Vou criar em torno de vocês uma enorme cortina de fumaça. Será como se vocês desaparecessem da face da Terra. Vou criar alguém mais, semelhante a ti. Mas será apenas uma imagem holográfica, entendes?
— Entendo. (Claro que eu estava fingindo. Na verdade, não entendi lhufas.) Mas por quê, Meritíssimo, essa azáfama toda?
— É que vou enviar por essa tua imagem umas mensagens que quero que Jó receba. Enquanto ficarem cobertos por essa nuvem, nada lhes faltará, prometo. Mas vocês nada farão. Pararão a produção. Ficará tudo congelado. Será como se vocês tirassem férias coletivas.
— Desculpe a impertinência, ó Magnífico, mas o que são "férias"? Nunca ouvi essa palavra antes, ela não pertence ao nosso mundo de escravos, deve ser alguma quintessência, alguma fragrância, algum néctar divino, que só Vós, Puríssimo, conheceis.
— Olha, Masquileu, você vai ficar estupefato, siderado, se souber o que vai acontecer com tua classe no futuro. Vocês (desculpe esse tratamento, mas é que vós, ou tu, é um pouco demasiado para pessoas... como vocês!)... Enfim, Masquileu, não se importe com os detalhes, disso cuido Eu... CERTO?
— Claro, claro, Certíssimo sois Vós entre os mais certos, que louvados sejam e que Louvado sejais!
— Pois então, Masquileu, vocês vão ter descanso remunerado, salário mínimo, décimo terceiro, férias, que é um descanso remunerado durante um mês, mais ou menos, terço de férias, seguro saúde, seguro desemprego, aposentadoria, um mundo a administrar. Mas isso, Meu caro, será para os bisnetos dos tataranetos dos teus quaquaranetos, súditos de um tal de "Pai dos Pobres"... Por ora as coisas vão continuar assim, do jeito que são, tudo desregulamentado, de acordo com as leis do mercado...

– Leis do mercado? Então mercado tem lei? Quando eu vou fazer compras para o senhor Jó...
– Tatatá, Meu caro Masquileu, já vi que não entendeste patavina do que Eu disse, por isso deves seguir assim, desregulamentado, porque economia é para quem entende do assunto, compreendes? Não é para um parvo como você ou os parvos da vossa parva classe. Claro, vai haver um tal de Espártaco que, como você, vai saber ler, apesar de ser um mero gladiador... Mas os romanos darão um jeito nele. Ademais, as relações senhor-escravo aqui devem permanecer flexíveis, entende, devem ser negociadas caso a caso... Os senhores desta terra estão reclamando muito, que têm de alimentar e vestir seus escravos, e pagar impostos para o rei garantir as fronteiras, reclamam demais do custo-Hebrom, que é muito alto em relação ao de países mais desenvolvidos como o Egito, a Babilônia e a Pérsia...
– Mas o que posso eu, mísero escravo, ainda que capaz e capataz, negociar caso a caso com os senhores?
– Ora, por exemplo, costuma-se cortar a mão de um escravo que roube o precioso pão de seu senhor. Você pode propor, por exemplo, que, em vez da mão, corte-se-lhe apenas um dedo. É mais conveniente para ele, e para o senhor, porque assim o escravo pode continuar trabalhando como antes, e também pode ser castigado mais vezes, no caso de reincidência no crime. Afinal, um escravo só tem duas mãos, mas tem vinte dedos. E se Nós pensarmos nas unhas... Chama-se isso uma estratégia "win-win", sabe, ó parvo, ou "ganha-ganha", isto é, onde todos saem ganhando. Entendeu?
– Se entendi! (Enquanto eu dizia isso, esfregava meus dedos com as mãos nas costas, pensando em guardá-los muito bem. E as unhas.)
– Desculpe esse jeito franco de ser, disse o Sereníssimo, mas é o Meu jeito, assim direto que nem aguilhão na costela de rês... Deixo isso de lérias com os humildes para Meu Filho, que Me seguirá, e que dirá que aos humildes pertence o reino dos céus e outras coisas subversivas. Aqui Comigo é olho por olho, dente por dente, dedo por dedo, unha por unha. Eu sou o Aqui e o Agora, essa é a hora em que o Patrão ri e o peão chora, e o Patrão Sou

Eu, Que Sou Aquele Que É. E ponto final. Já conversei demais. Estou mandando: férias coletivas para vocês, parem a produção, não se mexam, deixem Comigo.

– Claro, claro, Vossa Eminessência, mas eu tenho por encargo dirigir essa massa de ignaros, de parvos, como Vossa Vossessência muito bem definiu. Se não estivermos ocupados em produzir, o que faremos? O Senhor sabe que em cabeça vazia o diabo espia... Se não tiverem o que fazer, os escravos são capazes de começar a caraminholar ideias... Por aqui chegaram tabuinhas de um tal de Jovem Márques...

– Sim, sim, Eu entendo teu ponto. Finalmente você começa a pensar algo útil. O problema é que ainda não existe televisão... Então vocês podiam, por exemplo, jogar "Escravos de Jó"!

– O que é isso?

– Ó parvo, é assim. Vocês se sentam, um ao lado do outro, como ratão na beira do banhado. Cada um pega uma pedrinha, e vão cantando: "Escravos de Jó/ Jogavam caxangá/ Bota, tira/ Deixa o Zé Perê ficar/ Guerreiros com guerreiros/ Fazem zigue--zigue-zá!/ Entre "Escravos..." e "...ficar", vocês vão passando as pedrinhas um para o outro, adiante. Quando entra o "Guerreiros com guerreiros..." vocês, em vez de passar as pedrinhas, movem elas para um lado e para o outro, sem largá-las. Depois recomeça tudo. Entendeu?

– Não.

– Ó idiota! Já vi que vais ser o perdedor. Porque esse jogo é para descobrir quem é esperto e quem é retardado. Quem erra, não faz o movimento certo, perde. Daí recebe um castigo.

– Que castigo?

– Bem, em se tratando de vocês podem ser umas cinco chibatadas primeiro, depois dez, depois vinte e salmoura nos lanhos, e assim por diante, entendeu agora?

– Entendi, puxa se entendi! Está claríssimo como água! Quero dizer, como salmoura!

– Então está claro, tudo combinado?

– OK.

– O quê?

— Desculpe, Tonitruante, foi só uma expressão, é que por aqui um dia passou um tal de Caim e falou a nossos antepassados sobre umas línguas e palavras...
— Ah, aquele sacripanta. Mas não repita mais isso, ouviu?
— Se ouvi!
— Então, ao trabalho! Quero dizer, ao "Escravos de Jó", toca, toca!

E ele se foi com sua nuvem carregada de espasmos e fagulhas. Fiquei meio aparvalhado, mas logo me pus a organizar aquela áfrica. Imagine o leitor: éramos milhares, bilhares, e ali ficamos jogando o "Escravos de Jó". Uma pedrinha que lançássemos naquela corrente demorava uma semana para retornar à nossa mão. Bom, já deu uma trabalheira conseguir tanta pedrinha: tivemos de escavar e triturar uma pedreira. Mas não importava. Cumpríamos a Vontade do Supremo. De vez em quando eu pedia licença (minha posição me permitia isso), saía da fila das pedrinhas e ia espiar por trás da nuvem negra que nos cobria. Tinha uma frincha nela por onde eu podia ver o que se passava na Casa-Grande do senhor Jó – e ih! Se passavam coisas muito estranhas...

Para começo de conversa, eu me vi chegando, quer dizer, aquela minha imagem holo algo, chegando na casa do senhor Jó. Ele estava no alpendre, e eu – ele, o ele que era eu – fui ou foi dizendo assim:

— Grande desgraça, senhor! Uns bárbaros chegaram em vossa fazenda, mataram todo o gado, destruíram todas as plantações, mataram todos os escravos machos e os vossos filhos homens e levaram todas as escravas fêmeas e vossas filhas mulheres. Só sobrei eu para vos contar tais terríveis notícias! Veja, ao longe, a fumaceira que sobrou!

O senhor Jó ficou verde, azul e roxo e se pôs a gritar:
— Ó, por que permitis, isso, Senhor meu Deus?! Por quê?! Por quê não mataste a mim, Teu mais humilde servo dentre os humildes?

Daí ele começou a jogar cinzas sobre a própria cabeça, como se estivesse louco (e eu acho que estava mesmo). Depois de muito chorar, gritar e arfar, ele afinal disse:

– O Senhor mo deu, o Senhor mo tirou! Louvado seja o Nome do Senhor! Seja feita a Sua vontade!
E ficou prostrado na frente da casa.
Voltei para o jogo. Era uma coisa estranha. A gente não sentia fome, não sentia sede, só ficava jogando e cantando aquela canção que o Sapientíssimo tinha nos ensinado, num auê sem fim. Mas graças àquela cortina de fumaça, o senhor Jó não via nem ouvia nada, parece. Mas eu não aguentava a curiosidade e ia lá espiar na frincha da nuvem negra.

E veio a mulher do Jó para o consolar, e vieram os vizinhos, e vieram os amigos, e vieram até os inimigos, com piedade e com satisfação misturadas, a gente via nos olhos deles. E ele nada. Só repetia:
– O Senhor mo deu, o Senhor mo tirou! Louvado seja o Nome do Senhor! Seja feita a Sua Vontade!
Por fim aquela turma cansou. Se ele só ficava repetindo aquilo, que repetisse, alguns disseram. E foram indo embora, um a um. Até a mulher dele cansou e se foi também, com um dos vizinhos. E lá ficou o Jó, prostrado.

Como ele não levantava nem tomava banho, o seu corpo começou a se cobrir de perebas, urticárias e sarna. Daí ele deu de se coçar com caco de telha, tamanha devia ser a coceira. Coitado! Até eu, que de vez em quando levava umas bengaladas dele, fiquei com dó. E ele naquilo:
– O Senhor etcétera, o Senhor etcétera. Louvado etcétera e seja etcétera!

Eu já nem sabia o que me cansava mais: se a turma atrás no "Escravos de Jó" ou se o próprio no "etcétera".

Foi quando percebi uma serpente se aproximando. Me deu um nervoso. Fiquei com vontade de arrebentar aquela cortina de fumaça, aquela nuvem, para avisar seu Jó.

Mas aí... Barbaridade! A serpente se alevantou de pé! Como assim? É, assim mesmo! Ela se alevantou de pé, e botou corpo! E botou um corpo de mulher! Quer dizer, isso ao fim e ao cabo. Porque primeiro eu reconheci: era um Diabão! Com pé de cabra e rabo em seta, saindo do fim do fió, logo antes do fió-fó. Quando eu olhei bem, ele me olhou de través, como se visse através da nuvem, e eu o reconheci pela barbicha: parecia Lúcifer ele mesmo! O Grande Lúcifer! O Outro! O Irremediável! O Arranca-Toco! E daí ele tremeu como um junco no inverno e se transmudou na mais bela huri que já vi: cabelo sedoso preto, pele que dava vontade de provar o gosto, formas absolutas de tão curvas, meu Deus (desculpe, Senhor Jeová, o Excelentíssimo), eu fiquei louco pensando sobre como o senhor Jó ia ficar tão louco.

E Lúcifer, transformado naquela Fera, se adiantou e disse:
– Homem? Por que te atormentas assim? Eu posso te dar tudo que tiveste de volta. Vê ali: há uma nuvem, que não te deixa ver o que está acontecendo. Sabes o que acontece depois daquela nuvem? Tua fazenda continua lá. Teus escravos continuam lá. Só que jogando um jogo estúpido, inventado por Jeová, Esse que adoras. Agora me ouve: nunca sentiste uma pele como a minha. Apalpa! Nunca cheiraste um cheiro como o do meu corpo. Cheira! Queres me lamber? Lambe! Encosta teu ouvido no meu peito, acaricia as batidas do meu coração com ele! E olha: já viste formas como estas? Já viste um corpo como o meu? Pois ele será teu, assim como tudo que tiveste, se me adorares, se me lamberes, se me comeres, em vez de ficares nessa ladainha sobre teu Jeová, a Quem tanto adoras, e Que te tratou assim!

E o Jó:
– Louvado seja o Senhor Jeová, que mo deu e mo tirou! Seja feita Sua Vontade!

Eu não acreditei. Diante daquele corpo de virgem, mas sabedor de todos os mistérios do prazer, o senhor Jó ainda preferiu a ladainha.

E aí foi um tremer de tudo. A terra tremeu. A casa de Jó desabou. Ainda bem que ele estava fora, senão estaria no meio dos escombros. A própria nuvem que nos cobria meio que se desvaneceu. Não havia apenas uma frincha. Agora a nuvem ia virando fiapos, e eu me vi diante da casa do meu senhor, a Casa-Grande, cujo interior eu nunca tinha pisado.

E apareceu ele, o Magnânimo, o Soberbo, o Paladino, o Jeová. A Fera voltou a ser Lúcifer, com seu olhar de fogo, mas rebaixado.

E Jeová trovejou:
— Vês, Lúcifer? Eu ganhei a aposta, Meu filho! Tu apostaste que Meu servo dos servos renegaria Meu Ser diante da adversidade! Eu permiti então que ele tivesse tudo negado, tudo o que ele era. Mas ainda assim ele Me preferiu à tentação de ceder à dor, e de ceder a ti, por mais sedutor que fosses, miserável!
Nessa altura, eu saquei que aquilo fora uma mera aposta entre Jeová e Seu filho Lúcifer, o luminoso maldito. Fiquei estupefato. Se Jeová fizera aquilo com um senhor, imagine o que poderia fazer conosco, meros escravos. E Ele, o Glorioso, continuou:
— Jó, como foste fiel a Mim, como te mostraste capaz de resistir às tentações da carne, do bem-estar e da memória, eu te restituo tudo o que tu tens. Olha!
E a nuvem se dissipou de vez, e lá estávamos nós, naquele joguinho interminável, e vieram também os filhos e as filhas de Jó que tinham ficado num joguinho à parte, safados e safadas que eram, com algumas escravas e escravos que, bem que eu notei, não estavam no nosso passeio das pedrinhas.
E o Jó recomeçou:
— Louvado seja...
Mas não acabou.
Logo veio ele para cima de nós:
— O que vocês estão fazendo, cambada de vagabundos? Jogando essas pedrinhas ridículas?! Bem se diz que, quando o gato sai, a rataria dança! Basta! Ao trabalho! E você, meu capataz (era eu), meia dúzia de chibatadas no lombo para aprender a não deixar a macacada perder esse tempo todo! Vamos retomar a produção, e é já!
E o chicote dançou no meu costado! Mas tudo bem: peguei alguns que tinham errado no joguinho, naquela parte do "guerreiros com guerreiros", e descontei neles. E o resto deixei a pão e água por três dias, para que aprendessem a não perder tempo com besteiras.
Bom, tudo passou. Mas aprendi algumas coisas.
Nunca confie nos Senhores. Eles aprontam qualquer coisa entre eles, mas depois também se acertam entre eles. E quem paga é a gente.

Não confie no seu povo. Eles ficam jogando o Caxangá, enquanto você tem de se virar diante dos senhores.

Quanto a meu senhor, ele aceitou tudo, menos a mulher de volta. Disse ele:

– Se ela se foi com o vizinho, que ele fique com a bisca doida. O Senhor ma deu, o Senhor ma tirou. Louvado seja o Nome do Senhor! Seja feita a Sua vontade! Fico com a puta, quero dizer, a virgem que Jeová me enviou, disfarçada de Lúcifer.

Mas Lúcifer não era disfarce: a huri era. Ouvi dizer que na verdade ela se chamava Lilith, nem virgem era. Assim, Jó ficou sozinho. E eu, como seu servo preferido, tinha de ouvir ele dizer bem baixinho:

– O Senhor ma deu, o Senhor ma tirou! Maldito seja o nome do Senhor!

Meu outro eu – minha imagem – se esfumou no ar. Fiquei com pena. Gostaria de conhecê-lo. Ele era livre para fazer isto: desaparecer. Eu não.

E de tudo me ficou uma saudade.

Daquilo que o Pai dos pobres homens chamou de "férias". Até hoje não estou seguro se entendi bem, mas adorei.

Também me ficou uma curiosidade.

No fim de contas, o que era "Caxangá"? E quem era o "Zé Perê"? Seria um libertador dos escravos? Vá se saber: em cabeça vazia, o diabo espia...

O EVANGELHO SEGUNDO MERCADEUS

Teofileu, meu querido irmão.

Que a bênção das finanças permaneça em tua casa, tu que resolveste te mudar para essa Roma de tantas oportunidades. Hoje tomo do estilete e do papiro para te narrar uns quantos acontecimentos desses últimos tempos aqui em nossa terra natal, ao pé do Templo, com sua sagrada administração!

Bem sabes que faz alguns anos fui eleito presidente da ACT (Associação dos Comerciantes do Templo) e conheces o zelo com que tenho exercido esse cargo, sempre em defesa dos legítimos interesses de nossa categoria, tão útil quão castigada por impostos e outras malignidades das administrações públicas. É o eterno e nefasto custo-Jerusalém!

Como se não bastassem esses males que nos afligem e fazem diminuir nossos tão honrados quão minguados lucros, abateu-se sobre nós a maldição de um novo pregador, um maluco subversivo, doentio em sua torpe mente, um tal de Jesus de Nazaré, que se diz o Messias, ou o Cristo, lá na fala dele.

Estávamos nós ocupados com nossos labores usuais no saguão do Templo, todos nós bons comerciantes que nos dispomos de tal modo que ninguém consegue ali entrar ou sair sem ter de se demorar um bom tempo no honesto labirinto de nossas barracas habilmente organizadas, quando veio ao nosso encontro esse Jesus com um vergalho em punho. Bem sabes que ao tempo que antecede ao da Páscoa, como era, multiplicam-se as visitas ao Templo, e também então os bons negócios. Mais cerradas dispomos nossas barracas, para que mais ali se demorem os que pelos estreitos corredores entre elas devem passar, e assim os multiplicados negócios se multiplicam ainda mais, sobretudo porque agora dispomos de segundas filas de barracas, por detrás das primeiras filas, onde emprestamos dinheiros aos negociantes e aos compradores, e dispomos também de terceiras filas de barracas, onde emprestamos dinheiros aos das segundas filas, que emprestam dinheiros aos das primeiras filas, que negociam com os compradores, que também vêm a essas terceiras filas tomar empréstimos para pagar os empréstimos que fazem com os das segundas filas para pagar os valores de suas compras, e tudo isso, além de nos render um movimento fabuloso, nos mantém em boa relação com a administração do Templo, que de tudo leva uns 5% por fora, livre, portanto de impostos, além dos seus integrantes receberem bônus de gratificação por sua proteção e zelo em nada ver nem reclamar.

Eu fico por trás da terceira fila, no BCE (Barracão Central de Empréstimos) onde decidimos a taxa de interesse das filas, além de socorrermos algum dos barracos se ele entra em dificuldades por causa da inadimplência dos improvidentes. Não interferimos no mercado, não! Nossa ação é limitada a tomar eventualmente dinheiro do Tesouro Comum do Templo, vindo da doação ou recolhimento compulsório dos fiéis, e repassá-lo ao emprestador em dificuldade, para que nossa cadeia de finanças continue tendo seu sucesso! Nosso mercado é tão próspero que atrai vendedores e compradores, além de emprestadores de dinheiros, de todos os lugares, do longínquo Oriente às Colunas de Hércules e imagino que de além, sabe-se lá de donde. Isso é ótimo para os negócios: o ouro tem a mesma cor e o mesmo brilho em todos os quadrantes e em todos os mares, e devemos sempre reivindicar e proteger a livre circulação de mercadorias, mercadores, usuários, ouro e dinheiros.

Pois foi nesse verdadeiro Paraíso Terreal que o tal de Nazareno – lazarento, a gente devia dizer – resolveu intervir, e da maneira mais brutal possível! Passou a mão no vergalho e caiu em cima dos honestos comerciantes e emprestadores, distribuindo vergastadas a torto e a direito e derribando a pontapés as lindas barracas que emprestam seu colorido para vivificar nosso sagrado Templo. E o tal ainda vinha aos berros: "Não transformareis a Casa de Meu Pai em covil de salteadores!" e "Esta Casa é uma Casa de Oração, não uma pocilga de exploradores do povo!".

Tomados de surpresa e indignados, os honestos comerciantes foram me procurar para que eu tomasse providências. Corri à Pretoria Romana para pedir justiça e proteção. O Pretor não estava, tinha saído para almoçar e não voltara. O Escrivão mandou-me falar com alguém da Legião. Corri ao Decúrio do quarteirão, mas ele me enviou para o Tesserário, que me fez ir ver o Optionale, e daí fui mandado ao Centúrio e dele ao Prefectus e daí ao Tribunus, então ao Dux e até o Legatus, que, finalmente, me disse que só agiria com ordem do Governador Pôncio Pilatos. Corri ao Palácio do Governador, entrei esbaforido, consegui ser recebido, contei-lhe o que estava acontecendo. E sabe o que ele fez? Lavou as mãos! E disse:

— Olhe, isso de Messias aqui nesta terra é muito complicado. Vou ter de enviar uma consulta a Roma. Volte dentro de três meses.

E me mandou embora.

Corri de volta ao Templo: estava tudo destruído! Quer dizer, o Templo estava de pé, mas o nosso lindo Mercado estava arrasado. As barracas, os dinheiros, os produtos, as mercadorias sagradas, tudo jogado no chão! Que sacrilégio! E, no meio daquela devastação, o tal de Nazareno pregava ao povo. E sabes o que ele dizia? Que era mais fácil um camelo passar por uma daquelas portinholas dos nossos muros do que um rico entrar no céu! Que mais valem as duas moedas que uma pobre viúva dá ao Templo do que os muitos talentos de ouro que um rico dá, porque aquela dá tudo o que tem e este apenas as sobras de sua fortuna! E dizia ainda que a palavra de um Sacerdote que louva Jeová lembrando-Lhe todas as obras boas que fez, faz e fará vale menos do que a de um pobre diabo recém-converso que se ajoelha, abaixa os olhos e diz: "Pai, perdoai-me, sou um pecador", porque este se humilha sinceramente e aquele apenas se vangloria com orgulho e vaidade! E dizia ainda muitas outras bobagens desse tipo, quando um novo tumulto aconteceu.

À esquerda do Templo rebentou uma balbúrdia porque alguns homens, muito justamente, queriam castigar uma mulher adúltera jogando-lhe pedras até que ela morresse, como muito bem mereceria! Pois o lazarento do Nazareno foi até lá, caminhou no meio das pedras que já voavam – e elas começaram a cair no chão antes que atingissem o alvo, a desgraçada da pecadora, que estava ajoelhada esperando a morte. "Ele é bruxo"!, pensei. Pois ele foi até ela, ergueu-a do chão, virou-se para os justos que a atacavam e disse, com fúria:

– Por que castigais assim essa pobre mulher? É porque sois tomados de justiça ou porque vos sentis mais fortes perante a sua fraqueza, ou ainda porque sois muitos e ela uma só? Pois vos digo: olhai para dentro de vós mesmos, e aquele que estiver sem pecado que jogue a primeira pedra!

Os justos justiceiros arrefeceram, se desencorajaram e foram saindo um a um. Ele então levou aquela horrenda mulher até a casa onde vive com a mãe e seus asseclas, que não era longe, prometendo que sempre a protegeria se eles voltassem. E ainda lhe deu conselhos, dizendo que mudasse de cidade, que fosse, por exemplo, para Roma, Nova Cartago, Lutécia, onde pudesse começar vida nova longe dos preconceitos da província, imagine! E se nossas mulheres começarem a ouvir esses conselhos, caindo na fuzarca, onde iremos parar?

Ah, irmão, para mim, foi a conta! Aonde vamos, pensei, com esse desrespeito às tradições, às famílias, às propriedades?! Tomei a decisão: eu precisava agir!

Comecei recolhendo informações. Quem era, afinal, aquele Nazário? Em primeiro lugar, descobri que ele nem de Nazaré era. Na verdade nascera em Belém, perto daqui, da nossa Jerusalém, Meca dos mercados! Nascera numa manjedoura, cercado por vacas, burros, feno e quejandas coisas porque seus pais eram uns pobres diabos sem ter onde cair mortos, e nem uma hospedaria podiam pagar. Tinham vindo para aqui por causa do censo, essas horrendas coisas que os governos criam para bisbilhotar a nossa vida, embora esteja bem que se bisbilhote a dos pobretões, sempre a imaginar como podem tomar os nossos legítimos bens. O pai dele era um carpinteiro banana, um tal de José, que acreditou na maior peta que a sua mulher, Maria de Tal, lhe contou. Ou seja, que esse Jesus era filho de Jeová, e que um anjo, um certo Gabriel, para mim muito suspeito, lhe anunciou a gravidez. Para mim esse tal de anjo devia ser um centurião romano, quando muito, mas o fato é que o tal José Carpinteiro engoliu a peta, ou melhor, os chifres. Daí eles correram um pouco o mundo, foram para o Egito e, com a desculpa de que nosso bom rei Herodes queria exterminar crianças, voltaram, fixaram sua pobreza em Nazaré, onde o Jesus se criou. Nós todos sabemos que uma peste abateu milhares de crianças no reino de Herodes, e que nosso bom rei na verdade enviou soldados às casas das mães e pais para verificar o estado delas e retirar as doentes, levando-as para tratamento. Alguns conflitos entre mães que não quiseram entregar seus rebentos aos bons soldados aconteceram, talvez redundando em baixas menores, mas isso foi tudo. Não creias nessas calúnias que dizem que o nosso bom rei mandou matá-las, que são historietas inventadas só para denegrir nossa imagem no exterior.

    Voltando ao Nazário, desde cedo ele mostrou-se muito enxerido, metido a ensinar doutor do Templo como ler nosso Livro Sagrado, o pestinha. E desde que cresceu começou a propalar que fazia milagres: transformar água em vinho, multiplicar pães e peixes para dar aos pobres. Fez fama de curandeiro, o povo acredita que ele cura cegueira com cuspe, apazigua furiosos e endemoninhados, desencrava unha e até ressuscita mortos, como diz ter feito com um certo Lázaro, que teria morrido de lepra. Para mim tudo isso são coisas combinadas com os asseclas dele, uns tais apóstolos com que ele formou uma comunidade onde mora com a mãe e mais algumas mulheres – pra mim, tudo suspeito, com grossa falta de vergonha no meio, certamente.

    Decidi agir. Chamei uma reunião com os doutos do Templo e propus que fizéssemos uma campanha sistemática para desestabilizar esse inimigo da boa sociedade – até porque ele só anda com a gentinha, uma ralé: pescadores, pequenos funcionários, coletores de impostos, desempregados, esses seres ignóbeis que só nos infernizam, mulheres da vida, doentes, pregadores populistas, como aquele João Batista (nossa agente Salomé já deu um jeito nele!), e por aí vai. Para começarmos, eu disse, deveríamos convidá-lo para uma reunião na casa de um de nós, tratá-lo mal e crivá-lo de perguntas, vendo se ele responde alguma com desrespeito à doutrina, para que se condene pela boca. Desde o começo tínhamos de começar a inticá-lo, por exemplo, negando-lhe o costume das boas-vindas, a saudação, o lava-pés etc.

E assim fizemos. Foi na casa de nosso sócio Simão. Mas sabes o que aconteceu? Ele chegou, muito à vontade, entrou, recostou-se nas almofadas, escolhendo as melhores, e, quando nos preparávamos para demonstrar nossa frieza, eis que entra pela casa adentro a maior marafa de Jerusalém, toda envolta num sensual manto rubro, e se achega a ele com óleos e uma bacia, derrama copiosas lágrimas nela, e lava-lhe os pés! Nós ficamos com a cara no chão, sem saber o que fazer, querendo matar aquela putavasca, mas sem ação, porque ele lhe estendia um olhar doce e receptivo, o fiadumacadela. Daí, Teofileu, seguiu-se o inimaginável. Depois de lavar-lhe os pés, ela secou-os com – imagina! – os próprios cabelos! Diz-me, ó Teofileu meu irmão, alguma marafa já fez isso para ti?! Para mim nunca nenhuma fez, por mais que eu lhes pagasse uma fortuna em talentos de ouro e prata. Ficamos todos, doutores e a nata dos comerciantes presentes, boquiabertos – alguns, eu penso, como eu, apenas com ódio, mas outros certamente morrendo de inveja. Fiquei pensando no que esse Nazareno deve fazer com ela, e ela com ele, além dessas brincadeiras de lágrimas, cabelos e pés, se me entendes, ó irmão. Tão boquiabertos ficamos que esquecemos as perguntas. Ao contrário, foi ele que nos crivou com questões, e devo dizer-te que alguns dos nossos irmãos do Templo, por mais doutos que queiram ser, revelaram uma ignorância escachapante e vergonhosa sobre a doutrina dos antepassados. Em suma, caro Teofileu, ele nos deu um baile.

Daí, sim, pensei que era o caso para uma escalada na ação. Até porque o desgraçado começou a intensificar sua pregação.

Reuniu um povo enorme ao pé de uma montanha aqui e falou um monte de besteiras – mas todas perigosas. Veja, irmão: "Quem for humilde como um menino entrará no reino dos céus. Mas qualquer que escandalizar um destes pequenos, melhor que lhe atassem uma pedra ao pescoço e o jogassem ao mar". Incitando as crianças à rebeldia, imagine! Acaso alguma criança, que tem de ser sustentada, é melhor do que nós, probos adultos, que temos de sustentá-las?

"Não quereis pagar tributos? Pois vede estas moedas. Quem tem seu rosto inscrito nelas? César, não é? Então daí a César o que é de César e a Deus o que é de Deus: o vosso coração." Podes imaginar, irmão, uma tal defesa dos impostos? Onde vamos parar?

"Ai de vós, hipócritas, que jurais pelo ouro que está sobre ou sob o altar, mas não pelo altar ele mesmo! O que é mais importante, o ouro ou o Templo? Ai de vós, hipócritas, que só tendes olhos para o ouro, vós que pareceis sepulcros caiados, formosos por fora, mas com a podridão por dentro!"

E ainda disse a um jovem rico: "Vai, dá tudo o que tens aos pobres, e me segue!". Parece – eu já desconfiava – que ele é um seguidor da antiga seita do Jovem Márques, que, felizmente, no caminho para cá se perdeu no deserto e aqui não chegou!

Não, eu disse para as cordas que prendem minha túnica, isso tem de parar. Mas não adianta querer ir pelos caminhos da doutrina. Ele é muito manhoso, e os nossos administradores do Templo não são mesmo muito bons nisso. Outros meios são necessários. Radicais. Isso é tarefa para nosso melhor agente, Silverius Regis.

Convoquei-o para uma reunião a portas fechadas. Expliquei a situação. Ele concordou em agir. Mas cobrou um preço alto: trinta talentos de ouro adiantados, o cancelamento de todas as suas dívidas, mais um cargo de tesoureiro em alguma de nossas associações comerciais e uma pensão vitalícia de cinco talentos de prata por mês, além de um título de patrício romano, que teríamos de agenciar com o governador. Queria também uma vila para passar as férias na praia.

Eu prometi tudo, dado o perigo que eu via naquele maldito Nazareno. Mas queria uma ação eficaz e rápida.

Devo te dizer, irmão, que a ação dele foi muito eficaz e muito rápida, de fato, e hoje respiramos aliviados: a ameaça acabou. O Regis começou buscando um ponto fraco entre os que seguiam aquele feiticeiro. Achou: um tal de Iscariotes, ou Escariotes, que andava insatisfeito porque achava que o que ele pregava desviava o povo do verdadeiro objetivo, que era derrubar o governo romano. Convenceu-o de que o melhor então seria afastá-lo da cena. Mas para isso seria necessário prendê-lo, e isso só seria possível surpreendendo-o num momento em que não houvesse todo aquele povaréu que o seguia por perto.

Então o Iscariotes ficou de avisá-lo quando esse momento chegasse. Ao mesmo tempo, o admirável Silverius forjou uma carta em nome do Nazareno, em que ele pedia ajuda de coortes de anjos para estabelecer na região um novo governo em que ele seria rei, "Rei dos Judeus", e mandou-a para o governador Poncio Pilatos. Este, assustado, determinou que trouxessem até ele o autor daquela carta.

E assim uma tropa de soldados foi levada por Silverius ao encontro do Nazareno, no lugar que o Iscariotes indicou, à noite, quando ele rezava acompanhado apenas por alguns de seus asseclas. Estes esboçaram uma reação; um deles chegou a desembainhar uma espada e cortou a orelha de um dos soldados, mas o Nazareno deteve-os. Diz-se que até colou, de novo com seu cuspe, a orelha do ferido: mais uma prova de que queria enganar a todos com seus truques de charlatão.

Mas isso de nada lhe valeu: ele foi levado à presença de Poncio Pilatos, que não sabia muito bem o que fazer, pois ainda não recebera as esperadas instruções de Roma. Depois de interrogar o prisioneiro, ele armou um circo, reunindo os doutos do Templo, mais alguns representantes do povo, e disse-lhes:

– Como é tempo de vossa comemoração da Páscoa, manda o costume que soltemos um prisioneiro. Quem quereis que se solte hoje, o Nazareno que nada fez de condenável até agora ou o conhecido criminoso Barrabás?

Mas Silverius distribuíra alguns de seus fiéis amigos entre as gentes, e eles começaram a gritar:

– Solta Barrabás! Solta Barrabás!
E tamanha gritaria fizeram, e ainda bateram tambores e tocaram flautas, que nada mais se pôde ouvir. Então Poncio Pilatos de novo lavou as mãos e entregou Jesus a seu destino.

Vou poupar-te os detalhes desse destino, porque são irrelevantes. Basta dizer que ele foi bem castigado, para exemplo de todos, e depois foi levado na companhia de dois ladrões para o alto do monte Calvário e lá foi pendurado numa cruz até morrer.

Dali seu corpo foi levado para uma tumba que pertence a um dos poucos ricos que lhe deram ouvidos, um tal de José de Arimateia, de quem nos encarregaremos mais tarde, cortando-lhe os créditos. Como o Nazareno – veja só o disparate – afirmava que iria ressuscitar, Pilatos mandou colocar soldados junto ao túmulo para evitar que seus asseclas o roubem e depois digam que ele cumpriu o prometido. Quanto ao Iscariotes, Silverius Regis deu um jeito nele e espalhou que se matara. Melhor assim; como sabes, arquivo bom é arquivo morto. De Silverius nada tememos, porque ele pretende ir-se desta terra e, além disso, antes de pagarmos as recompensas que pediu, fi-lo ver que se nos denunciasse nós contaríamos a Pilatos que o autor da carta de sedição era ele, e que "anjos" era um código para "Britânia" (o que não deixa de ser uma piada: imagina se é possível que britânicos tomem a Palestina!): mas, de todo modo, fica o seu silêncio pelo nosso.

Assim que agora é possível dormir em paz novamente, sem temer as pregações daquele sandeu, que está bem morto e enterrado. Seus asseclas devem estar dispersos ou então escondidos, tremendo de medo. De mais a mais, se ele queria fundar uma nova seita, errou completamente, procurando a escória social para ser o seu suporte, prova de que ela, a nova seita, não tem o menor futuro e deverá desaparecer sem deixar traço.

Despeço-me, pois, tranquilo, renovando-te os votos de cada vez mais prosperidade.

Teu irmão,
Mercadeus.

LIVRO DE MISGODEU, O ABOMINÁVEL

Eu sou Misgodeu, o Abominável. Sou uma criatura do Senhor, aliás, como todos os outros diabos e demônios que estão aqui no Inferno: Lúcifer, Satã, Mefistófeles, Asmodeu, Belzebu, Anhangá, Anhanguera, Graxaim, Arranca-Toco, Hermógenes, Loredano, Zidane, Paolo Rossi, Schiaffino, Gighia, Saravaia, Aimbirê, Quengo, Cujo Cão, Jurupari, Tinhoso, Capiroto, Corisco, Trevoso, Ricardão, Iago, Papão, Boi da Cara Preta, Exu, Nhá-nhã, enfim, a caterva toda. Mas só eu sou o Abominável. Por quê? Porque no Inferno sou eu quem faz as coisas abomináveis. As nunca ditas.

Quem aviva o fogo e regula a temperatura? É o Diacho aqui. Quem verifica se os tridentes estão bem afiados? É o Turumbamba aqui. Quem faz a vigilância para ver se ninguém foge? É este Vosso Criado. Quem verifica se os poços de merda estão cheios de merda da boa? É o Merdal aqui. Tem chuva de fogo? Quem abre a comporta sou eu, o Abominável. E tem mais: como nosso tempo é a eternidade, acontece tudo ao mesmo tempo. Os Infernos se multiplicaram. O primeiro, o do Velho Testamento, era apenas o Sheol, um buraco quente pra daná. O cristão já complicou tudo, cheio de círculos e andares e penas diferentes, lagos de gelo ao lado de fornalhas ardentes. E tem o muçulmano, cheio de mármore quente. Quem construiu as paredes e tabuleiros de mármore? Alá?

Uma ova! Foi o Mouro aqui. Pior: o mundo cristão rachou, e cada seita quer ter o seu Inferno, e uns e outros pensam que outros e uns estão no seu Inferno, então precisa multiplicar as imagens. Por exemplo: na seção Católica, pensam que Martinho Lutero está lá, então eu tenho de providenciar uma imagem dele para lá! Mas, no luterano, pensam que todos os Papas Católicos estão no Inferno, então haja imagens de Papas! Um inferno! E tem os Ortodoxos, Coptas, Testemunhas de Jeová, Universais do Reino de Deus, o Evangelho Quadrado e o Redondo, um saco!

Sem contar as assessorias que dou para os Infernos de religiões do mundo inteiro! Budistas, Afros, Hindus, Corintianos, Flamenguistas, todos! Até para o Inferno Comunista, que era ateu, mas era Inferno, onde estavam os revisionistas, os traidores do proletariado, os políticos pequeno-burgueses, os sociais-democratas etc., eu dei assessoria!

E ainda tem os serviços externos, que eu coordeno! Precisa de um diabo para entrar no redemoinho de *Grande Sertão*: quem providencia, checa o tamanho, vê se o diabo do diabo cumpriu de fato sua missão? É o autor? Que nada! Ele escreve as coisas, mas quem trabalha, quem faz o controle sou eu! Precisa ficar de olho na Lilith, ver se ela cumpriu sua tarefa de dar a fruta da ciência do bem e do mal para a Eva? Quem fica de olho e ainda anota no Livro Caixa é o Contador-Mor aqui. Éééé...

Mas o pior mesmo é cuidar da entrada: quem entra, quem vai para o Purgatório, que é um puxadinho temporário, quem vai para o Limbo, ainda bem que um Papa agora decretou que o Limbo não existe mais. Não deu para tirar os que já estavam lá, eles invocam direito adquirido, usucapião, a Lei do Inquilinato, aposentadoria por tempo de serviço, sei lá, mas pelo menos ninguém mais entra agora. Mas tem sempre de checar os documentos, se estão em ordem, os alvarás, a carta de recomendação, se o despachante pagou o dízimo no caso doBrasil, e tudo o mais. Pois é. Ah sim, e tem o seguinte: se o condenado é pobre, ele vem para cá sem tugir nem mugir. Mas se é rico, ou se é um figurão, ih!, tem de ir buscar o camarada, trazer à força, porque ele não quer vir nem a pau. Mas vem de qualquer jeito, mesmo se for a porrete! Porque aqui é o comunismo: todo mundo é comum e igual, e eu, secretário-geral, mando baixar o pau!

O caso mais interessante que tive de cuidar, no entanto, não foi de entrada no Inferno, mas de saída! Foi uma bênção, porque pelo menos esvaziou um pouco o condomínio. É que antes do tal de Cristo bater na porta, todo mundo vinha para o Inferno: bons, maus, ruins, meio-termos, tudo, e isso aqui vivia atopetado de gente, parecia ônibus às seis da tarde ou trem da Central.

Mas aconteceu que esse tal de Cristo, que dizia ser filho de Deus, bateu à porta. Eu abri pessoalmente, fui logo pedindo os documentos. Em geral os chegantes se assustam com a minha feiura, porque eu sou mais feio do que o Corcunda de Notre Dame, mas ele não ficou nem aí. Ele abriu os braços, fez cara de crucificado, mostrou os buracos dos pregos nos pulsos e nos pés, mais as marcas da coroa de espinhos. Mas eu não me dei por achado. Pedi um documento legal. Ele puxou da tanga que vestia um santinho, e me mostrou. Eu cheguei no Livro de Entradas e vi que era isto mesmo: vários santinhos e quadros atestavam que ele era assim mesmo, alguns pintados até por gente que está aqui... Embora tenham morrido depois, mas como eu disse tudo aqui é eterno.

Deixei entrar. E ele foi logo embarafustando em direção à Sala do Trono, onde o Grande Lúcifer está sentado no seu assento de pregos. Eu corri atrás, mas não deu tempo de fazer nada. O Cabra era ligeiro pra daná, foi abrindo a porta e dizendo ao Lúcifer:

— Agora Quem manda aqui sou Eu! Teu reinado acabou!

O Lúcifer fez uma cara de estafermo, mas respondeu, na verdade, para mim:

— Misgodeu, seu Abominável! Como você deixou Ele entrar aqui?!

— Ué, eu disse, doutor Lúcifer, o que o senhor queria que eu fizesse? O Cara chegou, bateu, eu identifiquei, estava certo, conferia a cara com os documentos, eu deixei entrar! Afinal, é para isso que eu estou lá e sou pago – e mal pago, diga-se de passagem!

— Mas você não leu a minha circular 6/66, avisando que justamente Ele não poderia entrar aqui, que ameaçaria meus domínios?!

— E lá eu tenho tempo de ler toda a papelada infernal que me mandam, doutor?!, retruquei. Vem ofício de tudo quanto é inferno, até dos quintos dos infernos!
— Eu estou mesmo cercado de imbecis!!, falou o Lúcifer.
E foi logo se aprontando para dar batalha. Foi se encolhendo para dar uma voadora, mas o Cabra foi mais rápido, assestou um rabo de arraia que deitou o Lúcifer no chão, e Ele foi logo pisando em cima do pescoço:
— Já disse que teu reino acabou, agora o manda-fogo aqui sou Eu!
— Tira o pé, tira o pé!
O Lúcifer se esganifiava pra falar com uma vozinha miserável de fina.
Foi aí que o resto da diabaria acudiu. E se vieram pra cima do tal de Jesus, mas Ele apontou o dedo para eles e gritou:
— Mandrake!
E todo mundo congelou. Teve até uns que ficaram assim no ar, porque estavam pulando quando Ele deu o grito!
E ficaram de novo só Ele e o Lúcifer assim, frente a frente. Quer dizer, não era bem frente a frente, porque o Lúcifer estava caído no chão e o Jesus com o pé no pescoço dele. E o Jesus:
— Eu vou te mandar pro Inferno!
— Mas eu já estou nele, disse o Lúcifer com a voz esganifiada.
— Então tu vai é pro fim do mundo!
— Mas aqui é o fim do mundo!
Eu estava vendo a coisa mal parada, porque assim eu ia acabar perdendo o meu lugar à sombra. Tá certo que eu era explorado no inferno, mas no mundo de hoje pior do que ser explorado é *não ser explorado*, porque aí a gente nem tem onde cair vivo, quanto mais morto. Resolvi entrar na parada.
— Olha aqui, Seu Jesus. A gente pode questionar os objetivos do doutor Lúcifer, mas não os seus métodos. Ele manteve essas paragens em ordem. A comunhão dos condenados está equilibrada. Autossustentável. Afinal, um sábio já dizia que os meios podem justificar os fins, se aplicados com sabedoria. Nunca houve uma administração dos descontentes tão a contento. Inclusive, o Senhor

me perdoe, aqui está um certo número de pessoas que não deviam estar aqui, não é mesmo? Os bons... Tudo isso se deve, é claro, à clarividência do Senhor Seu Pai, ao Vosso Juízo de Santo Filho, à lucidez do Espírito Santo, mas também se deve às capacidades administrativas do doutor Lúcifer, aqui presente, e que não deveria ser destituído de suas funções... Ele sempre separou o joio do trigo. Mas e agora? Quem vai cuidar dos males e, sobretudo, dos maus do mundo? Ora, o doutor Lúcifer já demonstrou sobejas qualificações para tanto... E o Senhor ainda vai ter uma trabalheira danada administrando as Igrejas que está fundando. O Senhor sabe, não é mesmo? Elas serão várias, vai haver dissidências, reformas, cismas, o escambau, vão fazer muita maldade tomando o Seu Santo Nome em vão, e o Senhor vai ter de comparecer a todas essas igrejas... Sua noite de Natal daqui pra frente vai ser um inferno! Enfim, Senhor Jesus, confio na Sua interminável Sabedoria...

A arenga adiantou. O Jesus amoleceu. Afrouxou o pé. Lúcifer tomou ar, tossindo. Mas falou:

– É isso que o Abominável falou. Estou disposto a negociar...

– Negociar?, disse o Jesus. Você foi amplamente derrotado...

– É, disse eu, intervindo de novo, mas administrar a vitória é tão importante quanto reconhecer a derrota... O Senhor podia deixar o doutor Lúcifer administrar essas paragens, contanto que ele se conforme só com isso...

Eu sabia que o danado do Lúcifer não ia se conformar, que ia continuar querendo tomar conta do mundo, mas na hora aquilo foi um bom argumento. Eu acho que o Seu Jesus também sabia, mas Ele queria arranjar um jeito honroso de manter as coisas no lugar...

– Está bem, disse afinal o Seu Jesus. Que assim seja. Mas os bons eu vou levar comigo já e já.

– OK, disse o doutor Lúcifer. Misgodeu, vá chamá-los. Abra as portas do Inferno!

Daí o Seu Jesus voltou-se para a diabaiada congelada e gritou:

– Meia!

Aqueles que estavam no ar caíram no chão, os outros começaram a se mexer, e queriam atacar de novo, mas o doutor Lúcifer foi falando:

– Paraí, macacada. Aqui continuo mandando eu! Fechei uma trégua aqui com o Jesus, e ela tem de ser respeitada! Voltem às suas funções, e sem reclamar!

Assim foi dito, assim foi feito. A diabaiada voltou ao seu mister: esfregar com palha de aço e espetar com tridente os condenados.

Eu corri ao Limbo, peguei o megafone e dei o aviso:

– Olhem, justos de toda a Terra! O Senhor Jesus veio tirar vocês daqui! Vão sair agora! Atenção! Em coluna de dois! Escola, sentido! Escola, cobrir! Escola, firme! Em frente, marche!

Confesso que tive um certo prazer naquilo de dar ordens e botar a turma para marchar. E lá se foram eles, um, dois, um, dois...

De repente, lá na saída, armou-se um novo auê. Uma discussão forte. Corri lá, pra ver o que era. Era o diabo do Adão. Ele tinha de sair em primeiro lugar, junto com a Eva. E ele não queria sair. Ficava discutindo com o Seu Jesus:

– Não quero, não quero e não quero! Daqui não saio, daqui ninguém me tira...

– Mas por que raios, ó Adão?, dizia o Seu Jesus.

– Olhe, se eu sair, no fim dos tempos eu vou ter de voltar praquela droga de Paraíso, uma ilhota de arvinhas, insetos e animaizinhos pequenos, naquele fim de mundo do deserto, cercado de areia por todos os lados. E ainda mais com essa bisca aqui, a Eva, que já me botou guampa até com anjo, a maldita... Não quero, e não vou!

– Mas Adão, dizia o Jesus, assim está escrito. Você tem de ser o primeiro a sair do Inferno, porra – Deus que me perdoe, disse o Jesus, mas nessa hora só falando palavrão mesmo. Está em tudo que é quadro que vai ser pintado sobre essa ocasião solene... Se você não sair primeiro, vai ter que mudar tudo! Todos os quadros terão de ser refeitos ao longo de toda a eternidade...

Aí eu pensei: "vai sobrar pra mim". É claro: se vão ter de refazer algo pra toda a eternidade, quem vai ser o pau-pra-toda-obra que vai se encarregar disso? O Jarbas aqui, é óbvio!.

Aí eu me decidi. Dando um passo adiante, passei a mão no tridente mais próximo e, zás!, espetei no traseiro do Adão! Ele deu um berro e um pulo pra diante: pronto! Cruzou a linha de chegada, quer dizer, de saída! Aí foi o estouro da boiada: todo mundo correndo e saindo, nem que fosse pra figurar nos tais de quadros e santinhos que iam ser pintados no futuro. Uma beleza! O Seu Jesus ainda veio e me agradeceu pela interferência, e se foi pra administrar aquela loucurália que corria e voava para o céu que nem içá de formigueiro.

Eu voltei às minhas funções. O doutor Lúcifer teve de se conformar e nem sequer aventou a ideia de me punir. Tampouco o desgraçado me promoveu. Continuo aqui na porta e fazendo de tudo, o verdadeiro *factótum* do Inferno. Mas um dia, eu sei, tudo isso vai mudar. De vez em quando, em segredo, me agarro com a minha estatueta de Nossa Senhora Aparecida, que contrabandeei pra cá de um justo que chegou atrasado (claro, vinha do Brasil) e tive de encaminhar apenas para o Purgatório. Prometi pra ele um tratamento mais leve em troca. E fico rezando pra Ela dar um jeito. Acho que vai dar certo.

LIVRO DE BELIEL, O RIDÍCULO

Escrevo depois de tudo o que aconteceu: a Revelação e o Fim do Mundo.
E do papel que nisso teve Misgodeu, o Admirável. Que era chamado de "o Abominável". Esclareço que se Misgodeu era o *factótum* (ele dizia "o pau para toda obra") do Inferno, eu era o *factótum* das esferas celestes. E logo aprendi, nas voltas da eternidade, que aquilo que no Inferno é chamado de "Abominável" no Céu é chamado de "Ridículo": o setor serviços, reservado na Terra para e- ou imigrantes, migrantes, domésticas, domésticos, e mais alguns etcéteras da história.
Querem ver?
Vou dar alguns exemplos, esparsos por estes e outros livros.
Quando Abraão estava prestes a matar seu filho Isaac, diz o livro canônico que se ouviu "a voz do Anjo do Senhor" mandando o pai poupar o filho. De quem era a voz? Adivinhem! E quem já tinha providenciado o cordeiro para o sacrifício, atrás da pedra? Adivinhem de novo!
Aqui neste mesmo livro dos livros vocês leram que Caim, à beira do oceano, ouviu vozes que vinham de além. E que tomou o seu rumo, atravessando as águas. Pois é. Mas acham que vozes humanas podem atravessar um oceano sem alguma ajuda? E naquela época nem telégrafo havia, quanto mais uma internet. Quem

estava por detrás das nuvens, promovendo as amplificações e os ecos com uma aparelhagem que só nas esferas celestes existia? Ora, adivinhem! Agora, se depois de atravessar o oceano como o Thor Heyerdahl ele se pôs a semear ocas de palha de um lado, tendas de couro em outro e ainda altas pirâmides em terceiros lados, isso foi por conta dele mesmo.

Por falar em esferas celestes, quando os pastores, na noite em que Jesus nasceu, ouviram sua música, tão refinada quanto uma composição de Bach, quem estava nos manejos fazendo-as girar? E quem providenciou aquele estrelão que guiou os Reis Magos através do deserto até a manjedoura? Sem falar nos boizinhos, asnos e cordeiros que enfeitam os presépios pelo mundo inteiro. Acham que foi fácil achar a bicharada naquele deserto árido?

Quarenta anos as tribos de Israel levaram para atravessar o deserto, alimentadas por chuvas de maná. Enquanto aqueles malucos se perdiam e se achavam e se perdiam de novo, quem ficou todo tempo cozendo pão de ervinhas e fazendo que chovessem no árido e no semiárido. Hein? Quem? Quarenta anos!

E o Sansão? Vejam bem, Misgodeu, que era o Abominável, teve de providenciar a tesoura afiada para a Dalila tosar a cabeleira dele. Mas e eu? Eu tive de estudar o templo onde ele foi levado, e fazer os cálculos para determinar com exatidão quais duas colunas ele deveria forçar para que pudesse derrubar tudo de uma vez só. E ainda tive de soprar no ouvido do menino que o levou para que ele o conduzisse ao lugar certo. E sem ninguém me ver. Tive de me disfarçar de vento!

Outro feito: quando Josué e seus músicos tocaram as trombetas, depois de contornarem as muralhas de Jericó, para que elas caíssem, quem calibrou os instrumentos para efeito de tal monta? Ou vocês acham que foi assim "ao natural"? Do mesmo modo, Judith tinha em mãos uma espada afiadíssima para, sendo uma fraca mulher, decepar de um só golpe a cabeça de Holofernes. Quem afiou a espada? Mais uma vez: adivinhem!

Mais, e aí confesso que fui ridículo: no Egito, quando José precisava que o Faraó sonhasse com vacas gordas e magras, quem ficou na beira da cama, mugindo baixinho, para que o sonho fosse motivado? Não daria para colocar uma vaca no quarto do Faraó, não é mesmo? Então...

A lista completa seria enfadonha e cansativa. Percorram estes livros e os outros que contam diferentes aspectos desta mesma história e descobrirão toda uma série de efeitos especiais de minha marca. Só mais uma das antigas: quando aconteceu, em Bizâncio, a brochada dos anjos pela excessiva discussão sobre seu sexo, quem foi obrigado a fabricar zilhares de camisolas, camisolões e camisolinhas para disfarçar a falta de sexo, inclusive a minha própria? Pela última vez, adivinhem!

Minha última proeza foi compilar e organizar estes livros que ora leem. Por isso este volume poderia muito bem se chamar *A Bíblia de Beliel*. E faço isso em meu laptop, à sombra de uma palmeira, em pleno Paraíso Terreal restaurado! Que distância entre a talhadeira de Caim e o teclado do meu aparelho, passando por papiros e papéis, rolos e livros! E quem pensar que esta minha versão da história da Criação e do Fim do Mundo se opõe às demais, canônicas ou apócrifas, sejam católicas, evangélicas, ortodoxas, marxistas, o Culto dos Mercados, o Corão e todas as outras de todas as religiões, inclusive a da fé no Big Bang, estará demonstrando que nada entende de Bíblias, ciência ou religiões!

Já que falei em trombetas lá atrás, cumpre retomar por elas a história do fim da história, e do começo dos novos tempos.

E elas soaram, mais uma vez afinadas por este vosso servo, e a coorte dos sete anjos anunciou para todos que o Tempo tinha chegado.

E vieram todos os mortos e os vivos de todos os tempos e quadrantes para a grande Assembleia Geral.

Aí os imprevistos começaram.

O previsto era que houvesse uma Guerra Grande, a maior de todos os tempos, com vitória do Bem contra o Mal, e o Miguelão calcando o pescoço do Lúcifer tal como Jesus já fizera no Inferno. Eu já tinha preparado e lustrado a bota que ele usaria para isso. Haveria também aparições fantasmagóricas, dragões de sete cabeças e duzentos e vinte e um chifres, cometas destrembelhados, estrelas cadentes e subintes, tempestades, inundações, pragas e ogivas nucleares, e tudo o mais. E, é claro, haveria o confronto dos exércitos, o troar dos canhões, e viria o Cristo com vestes salpicadas de sangue, montado num cavalo branco que nem Napoleão, com uma espada atravessada na boca, e triunfaria sobre o Anti-Cristo, a Besta, os falsos profetas, que seriam lançados num lago ardente de fogo e enxofre – sem falar no fedor do enxofre. Eu é que teria de preparar tudo isso, com o Misgodeu, ainda o Abominável, arranjando as coisas do outro lado.

Já os exércitos se preparavam, Miguelão à frente do nosso, e à frente do deles a Grande Puta (que as versões dogmáticas do Apocalipse chamam de A Grande Prostituta), além de Lúcifer e companhia.

Foi quando se ouviu uma grande voz, um berro definitivo:

– Pó pará!

Tão incisiva foi a voz que todo mundo congelou, até Jeová, Cristo e o Espírito Santo.

Eu olhei para donde viera a voz.

Era Nossa Senhora Aparecida!

Ela se pôs entre os dois exércitos, com seu manto azul estrelado e sua face negra reluzente sob a coroa, e disse:

– Chega! Chega! Três Vezes Chega! Arreda, arruda! Os homens já mandaram demais neste universo! Agora quem vai resolver esta parada somos nós, as mulheres. E desde já convido – conclamo – a Chefia dos Exércitos da outra banda, a Grande Puta, para uma conferência de paz! Topais?

Jeová levantou o dedo, mas Nossa Senhora voltou:

– Eu já disse que Chega! Isso de raio, trovão e guerra já teve seu tempo! Queremos agora outra coisa! Você, Seu Jeová, atravesse um buraco negro e vá criar novos mundos em outra freguesia! E em edições revistas e melhoradas! Deste aqui agora nós é que vamos tomar conta. Menino Deus, volte para o Templo, vá discutir de novo doutrina com os doutores. Reúna um Concílio dos papas, rabinos, aiatolás, muezins, pais de santo, pajés, monges, enfim, dos chefes e líderes de todas as religiões, eles estão precisando se lembrar de algumas coisas que ensinaste! Espírito Santo, saia pelo mundo a espalhar o conhecimento de todas as línguas, a iluminar os corações e as mentes para que haja uma melhor tolerância.

São Pedro, fecha a porta dos teus céus! Santos Dumont, fecha as passagens de teus ares! Mas, antes, quem está fora que entre, mas quem está dentro não sai! Agora, aqui, a Alfa e a Ômega sou Eu! E renovo meu convite: topais, Grande Puta?
 Do outro lado também houve um alvoroço. Lúcifer começou a gritar que quem mandava era ele, mas eu vi quando o Misgodeu alcançou para a Grande Puta uma taça de ouro e ela mais do que ligeira sentou a tal taça na cabeça do Diabão, que amoleceu e caiu no chão.
 – Quais são os seus termos?, gritou a Grande Puta para Nossa Senhora Aparecida.
 – Não tem termo nem meio-termo. É conversa ali de igual pra igual, feito gente grande, mas com vontade de paz!
 – Eu topo, disse a Grande Prostituta. Mas preciso de assessoria. Convoco comigo as Sibilas, mais a Lilith, Salomé, a Teiniaguá e Milady, dos Três Mosqueteiros! E dona Bovary, que, aliás, também atende pelo nome de Flaubert!
 – Está bem, disse a Nossa Senhora. Mas eu também preciso de assessoria. Quero comigo representantas, friso bem, *representantas* das religiões dos cinco continentes mais a Antártida, e para representar as religiões ateias convoco a camarada Rosa Luxemburgo, mártir da sua causa! Mas quero mais, invadindo todos os limites: para representar a Antiguidade, convoco a grande poeta Safo, de Lesbos! E para os tempos modernos quero a Maria Bonita, a Rainha do Cangaço, também mártir de sua luta! E, afinal, representando a Heresia Fundamentalista dos Mercados, a príncipa inglesa, Lady Margareth Thatcher! Para começar, vamos fazer uma oração pelo bom termo da nossa empresa, e para tirar todo e qualquer veneno de nossos corações, e dessa homalhada que quase destruiu o mundo!
 Foi um auê, mas as assembleias dos continentes, reunidas de supetão, decidiram e lá se vieram, entre outras, Koré da Europa, a afra Oxum, mais Ci, a Sol, Amina, a mãe de Maomé, e Maya, a mãe de Buda, e mais um mulherio danado, Rosa Luxemburgo coxeando à frente. Pela Antártida veio uma pinguinzinha real muito tímida, mas que a Rosa logo pegou no colo e lá se foi também ela

para a reunião, mais feliz que pinguim em piscina de camarão! E a natureza? Vieram Iemanjá, Rainha do Mar, Hestia, Deusa do Fogo, Gaia, pela Terra, e Iansã, dos ventos e tempestades!

E aí elas se reuniram a nuvens fechadas no Auditório Central do Universo.

O resto, isto é, nós, ficamos esperando e esperando, jogando dado uns, canastra outros, bilhar, ainda outros só trocando um papo: tinha até aquela escravalhada de Jó jogando Caxangá. E estavam Caim e Abel, rabudos um com o outro. E o Abel, tocando tarolinha, ficava cantando: *Firulode, firulim, agora nada pode, o coió do Caim.* O Caim fingia não ouvir, mas a gente via que ele espumava por dentro. Logo adiante a Rainha Herma-Frodita e o anjo Misoel, seguidos de todos os sodomos e sodomas, e todos os gomorros e gomorras, entoavam o Hare-Krishna: tinham-se convertido, os diabos! E lá vinha aquele ensurdecedor tim-tim-tim, tem-tem-tém e firuli-firuló dos milhares de pratinhos e flautinhas passando na Avenida das Nuvens.

E passaram-se as horas, e as horas e as horas.

De repente, não mais que de repente, a nuvem central se abriu, e Nossa Senhora Aparecida apareceu, de novo com sua face preta reluzindo debaixo de sua coroa de luzes e sobre seu manto azul estrelado. A seu lado vinha a Grande Puta, e atrás o cortejo das mulheres do Conselho de Guerra, quero dizer, de Paz. E ela falou, com sua boca de lábios carnudos e vermelhos:

– Depois de madura conversação e sábias decisões chegamos à conclusão de que o melhor é proclamar...

Houve um instante de silêncio, que parecia uma eternidade.

– Uma Anistia Ampla, Geral e Irrestrita!

Houve um hurra! tamanho que abalou as estruturas do universo. Tudo tremeu, o céu se abriu e um solão de novo mundo a tudo iluminou como se fosse o recomeço dos tempos.

E Nossa Senhora Aparecida continuou:

– E para festejar isso e dar tempo para fazer os arranjos necessários, resolver os casos pendentes e atender às situações especiais, proclamo também três dias de feriado universal, com direito a muito samba, confete, serpentina, lança-perfume, muita cerveja e tudo mais!

Os batuques começaram de imediato, e o desfile saiu com a turma do Alalaô e do Alá, meu bom Alá! em primeiro lugar, puxando o cordão, e Ceci e Peri de porta-estandarte e mestre-sala. E Iracema como Rainha da Bateria! Nem se ouviu direito a última proclama de Nossa Senhora:

— Aqui nestas nuvens organizaremos as comissões especiais que vão estudar os casos e conflitos a resolver!

Mas eu ouvi. E fiquei. E esperei e esperei, até que tudo fosse resolvido. E como tinha caso pra resolver! Só para acomodar todos os Papas cristãos, por exemplo, foi uma missa e meia, e das solenes! E outros casos complicadíssimos. Por exemplo: com quem iria ficar a Capitu? Com o Bentinho ou o Escobar? Já pensaram? Um mistério...

Nossa Senhora Aparecida começou com o Abel e o Caim:

— Abel, para com essa musiquinha infernal! Vai cuidar de um parque ecológico na África do Sul, que lá é preciso, e sem sacrifícios! Caim: vai plantar batatas no Haiti, que lá isso é fundamental, e chega de odiar teu irmão.

E houve o caso complicadíssimo entre Judas e Silverius Regis. Um e outro diziam pra Santa: "Não fui eu, foi ele".

Mas deu tudo certo. Com infinita paciência e a assessoria das Comissões Mistas Celestes e Infernais, Nossa Senhora Aparecida tudo resolveu. Entre outras coisas, disse pro Judas:

— Já foste espancado que chega nos Sábados de Aleluia! Vai em paz, Meu filho. Mas aprenda a lição: não te faças de inocente útil onde não és chamado. E você, seu Silvério, queria ficar numa praia, não é? Como houve uma Anistia, você também está incluído: vai ficar numa praia, sim, mas limpando cocô de cachorro, ouviu bem?! Com aquele teu comparsa, o Mercadeus. Ambos acorrentados àquelas bolas de ferro de preso em filme americano. E lambam os dedos! Depois de uns mil anos a gente volta a conversar. Se demonstrarem bom comportamento, a gente vê o que fazer...

Noé? Foi enviado aos países nórdicos para organizar uma Liga Antialcoólica e abrir um restaurante vegetariano, além de cuidar de um aquário marinho.

Lá pelo meio das arengas, ouviu-se aquele canto chegando:
– *En el tren que va a Madrid/ Se agregaron dos vagones:/ Uno para los fusiles,/ Outro para los cañones/...*
Eram as tribos do Jovem Márques vindas de todos os confins do deserto. É verdade que o Jovem Márques não era mais tão jovem, tendo uma barbaça branca, mais parecido com um Papai Noel Rabino. Ele ficava tentando reger aquele coro dos contrários, porque por detrás dos cantos bonitos a brigalhada continuava feia, um primeiro chamando um segundo de "traidor revisionista" e um terceiro querendo rachar a cabeça de um quarto a marretadas, aquele insultado porque o tinham chamado de "burocrata" e aqueloutro fulo da vida porque diziam que ele era um "doente infantil" e por aí afora.

Nossa Senhora foi taxativa:
– Vocês serão obrigados a ficar juntos, na mesma sala, discutindo até chegarem a um acordo sobre questões tão importantes como a de se é o campo que cerca a cidade ou a cidade que redime o campo. Mais complicado que isso só o sexo dos anjos! Depois, vão fundar uma cooperativa e ingressar solidariamente na economia de mercado. Daí a uns trocentos anos vamos discutir isso de socialismo. Vão! Já!

No fim do fim, só ficamos eu... e o Misgodeu. Porque agora estávamos sem emprego, o que fazer? Nem a guerrinha final conseguíramos preparar.

Com uma cara de canseira geral, Nossa Senhora se voltou para nós:
– E vocês, pobres *factótuns*, que posso fazer por vocês?
Aí eu ousei. Me adiantei e disse:
– Minha Nossa Senhora! Eu tenho um pedido veemente! Se por algo me valem esses séculos dos séculos durante os quais eu fiz de tudo para que as Escrituras funcionassem, eu gostaria que fosse restaurado completamente o sexo dos anjos. E que não houvesse mais dúvidas a respeito. Até porque, veja só, Santa Senhora, enquanto muitas vezes ficava-se discutindo o nosso sexo, e o senso comum até o cassasse como os direitos políticos durante a Ditadura no Brasil, muita padrecada ficava fazendo grossas sacanagens a torto

e a direito. Já nem falo dos que ofendiam crianças, contrariando Vosso Santo Filho, que amaldiçoou quem as escandalizasse, mas veja só aquele Papa, o Alexandre Bórgia, que tinha filho para todo o lado! E cada um pior que o outro! Então, por favor, minha Nossa Senhora, restaure e confirme o nosso sexo para todo o sempre, e permita até que haja anjos também!

Nossa Senhora pensou um pouco e disse:

– Tem razão, Meu filho. Melhor um mundo com sexo feliz do que esses descalabros que já conhecemos. Ademais, nada há em todas as versões das Escrituras que proíba isso. Assim seja. Vosso sexo está garantido, e os anjos poderão escolher ser anjas também, se assim quiserem! Tenho dito, o referido é verdade e dou fé! *Nihil obstat, imprimatur potest*!

Imediatamente eu me senti cheio de sexo, e ia agradecer quando se adiantou o Misgodeu:

– E eu, minha Nossa Senhora?! Agora nem patrão eu tenho mais. O doutor Lúcifer se foi com o primeiro bloco que passou, repartindo uma garrafa de cachaça com o Miguelão! E olhe para mim, Doce Rainha: até o Quasímodo, o Corcunda de Notre Dame, parece um galã de cinema perto de mim, corcunda, capenga, de olho torto, rabo curto... Sabe, Senhora minha, o mundo é que nem turista na Bahia: *Acarajé, mal viu, qué comê/ Ninguém qué sabê/ O que custa fazê/ Todo mundo gosta de abará/ Ninguém qué pensá/ No trabalho que dá.*

– Entendo, Meu filho. Que posso fazer por ti?

– Minha Senhora, eu gostaria de ser bonito, nem precisa ser muito bonito, só bonito assim... Eu rezei tanto pra Senhora, dizia, Minha Nossa Senhora Aparecida, me salva desse Inferno que sou eu!...

– Está bem. Fecha os olhos, Quasímo..., quero dizer, Misgodeu, e pensa que és bonito. Assim com força, com muita força!

E eu vi o Misgodeu fechar os olhos com toda a força...

E, plim!, nossa! Ali na frente surgiu o homem mais bonito que eu já vi na minha vida, quero dizer, o diabo, ou o anjo, sei lá, tudo misturado. E me deu uma coisa forte no coração. E vi também que ao abrir aqueles olhos negros lindos como a noite

que não tem luar, ele me olhou, tremeu, e saquei que seu coração batia tão forte por mim quanto o meu por ele! E eu já ia fazer uma declaração de amor quando rompeu um alarido fora da nuvem.
— Não quero! Não quero! E não quero!, gritava uma voz tão irada quanto contrariada.
— Ah, meu Lúcifer, disse o Misgodeu. Eu conheço essa voz! E já sei que o caso vai ser difícil!
Era Adão, o primeiro homem, que entrou na nuvem do auditório e foi logo repetindo:
— Não quero, não quero e não quero!
Ele só não batia o pé porque numa nuvem, se a gente bate o pé, ele afunda.
— Não quer o quê, homem de Deus?, Nossa Senhora perguntou.
— Eu não quero voltar para o Paraíso, aquela ilhota sem graça no meio do deserto!
— Não brinque com a Criação, seu Adão!, Nossa Senhora disse, já meio irada. Em primeiro lugar, aquilo não é ilhota, é um oásis!
— Pois é, disse Adão. Eu não quero voltar para aquele ilhósis! Por que eu tenho que ficar lá, preso naquele círculo de giz, contando ratões e insetos, enquanto todo mundo vai se divertir? E ainda ter de ficar com essa estafa da Eva, que até guampa me botou, e com anjo!
— É, mas você também aprontou pelo mundo, não é, seu Adão? Só com a Lilith...
Aí o Adão se encheu de empáfia:
— É, mas eu sou homem, tenho o direito e até o dever! Sou a cabeça do casal, e posso olhar pra onde eu quiser...
Eu vi que Nossa Senhora não gostou do argumento. Mas disse, em tom conciliatório:
— Ora, seu Adão, vá se catar! Quero ouvir a Eva. Mandem chamá-la.
Por uma dessas reações automáticas, lá fui eu. Não foi difícil encontrá-la. Logo a vi, na costa de uma ilha grega ensolarada, de mãos dadas... com o Gabriel, claro! Expliquei o caso, e ela concordou em vir comigo.
De volta ao céu, levei-a perante Nossa Senhora. E a Eva foi logo dizendo:

— Minha Querida (que intimidade!, eu pensei), já sei do caso, o Beliel me explicou. E vou logo dizendo, com todo o respeito, que eu também não quero viver com esse estafermo do meu ex--marido, que me sovou só pra mostrar que era macho, e ainda mais num ovinho de oásis no fim do mundo. Eu quero é rosetar!
— Está vendo, Nossa Senhora?, se meteu o Adão. Não vai dar certo! E tem mais...
— Fecha a matraca, seu Adão. Não te perguntei nada. Você e teu gênero já aprontaram demais! Preciso pensar um pouco.
Nossa Senhora ficou pensando alguns minutos e falou:
— Bem, em nenhum lugar está escrito que você, Adão, e você, Eva, têm de ficar morando no Paraíso de novo. Só que todo mundo pensava isso. E Eu apenas pensei que isso era natural porque vocês já tinham morado lá, já conheciam o lugar... E como estava dito que ele seria restaurado, e ele o foi, pelo Iphan (Instituto do Paraíso Histórico e Aperfeiçoado Nacional), alguém precisa ficar tomando conta dele, senão tudo o que fizemos vai desandar, que nem maionese que a gente erra a receita... Vai ter de fazer tudo de novo...
Me deu um frio na barriga. Ou no sexo que eu acabara de recuperar, confesso. Foi aí que o novo Misgodeu se adiantou, e se revelou o Admirável.
— Minha Nossa Senhora, me dê licença que agora eu vou falar, e com todo o respeito! Eu não concordo, mas entendo a rixa do senhor Adão e da dona Eva. Não adianta. Confiar o Paraíso para eles vai ser igual a confiar um poço ou uma fonte d'água cristalina para quem prefere comprar energético na loja de conveniência, se me permite essa ousadia de comparação. Porém, posso, podemos lhe oferecer uma alternativa viável. Sinto que eu e o Beliel ali poderíamos tomar conta do Jardim do Éden. Confesso, Minha Senhora: estamos apaixonados um pelo outro, e à primeira vista. Temos experiência. Tomamos conta do Inferno e dos Céus – e do Mundo – durante todo o tempo da história. Por que não o Paraíso pela eternidade?
— Pode ser, pode ser..., disse Nossa Senhora. Afinal, vocês agora têm a plenitude do sexo, e também a liberdade...
Mas aí o enxerido do Adão resolveu se meter de novo.

— Nossa Senhora, isso não é canônico... Dois, hum, há, bem, seres do mesmo sexo tomando conta do Paraíso... Bem, a Senhora sabe, o Santo Papa, recentemente...
Foi a conta.
Nossa Senhora Aparecida tomou — trovejou — a palavra:
— Olhe, seu Adão: ponha-se no seu lugar! Não vê que Eu estou discutindo um assunto importantíssimo e vital, qual seja, o sexo dos anjos?! Ademais, Meu Filho já dizia: a Deus o que é de Deus, e ao Papa o que é do Papa!
— Perdão, Minha Senhora, disse o Adão. O que Jesus disse não foi bem assim...
— Cale-se, seu Adão! Retrucou a Aparecida. Se não foi bem assim, bem que podia ou devia ser. E não se meta, daqui por diante. O que queres fazer?
— Bem, Minha Senhora, eu preferia abrir uma grife em Paris, chamada Alternative, em homenagem a Lilith, a Senhora sabe...
— OK, disse a Santa. E você, senhora Eva?
— Bem, disse a Mãe da humanidade, eu preferia ficar ao sol de uma ilha mediterrânea, com o Gabriel, se a Senhora não se importar...
— OK, OK, voltou Nossa Senhora. Vão, vão se roçar nas ostras e deixem-me em paz. Tenho assuntos mais importantes para resolver. Virem-se.
Eles se foram, cada um para o seu lado. E aí ela se voltou para nós.
— Então, vocês querem viver juntos no Paraíso, hein?
— Ééé... disse o Misgodeu, com uma voz de cabrito olhando a ponta da faca.
Eu, covarde, fiquei calado. Ao contrário do episódio do Abraão e do Isaac.
— Pode até ser, disse Ela, pensativa.
Nessa altura eu ia falar, mas o Admirável tomou a palavra:
— Senhora, quais são Suas condições?
— Não Me interrogue, seu Misgodeu! Aqui quem faz perguntas sou Eu, e quero saber quais são as suas respostas!
— Senhora, tudo o que queremos é um lugar para viver ao sol, com essa paixão mútua que acabamos de descobrir. E a Senhora

não tema. Por mim respondo: a gente é diabo, mas é de respeito! E se o Beliel ali resolver folgar demais, eu dou um jeito nele! Pode confiar em nós.

— Está bem. Não é ortodoxo nem canônico, mas é ecumênico, e Eu vou confiar em vocês. Vão, Meus Filhos, encantem e mantenham o Paraíso cheio de amor, como ele deve ser! Mas vejam lá: nada de promiscuidades, e façam tudo atentando para a segurança, T-U-D-O, hein?! Senão, eu casso a concessão!

— Pó deixá, emendou o Misgodeu.

E Ela se foi, num torvelinho de estrelas e outros encantamentos, aquela Virgem dos lábios vermelhos e carnudos, com seu manto azul estrelado e deslumbrante e seu rosto negro reluzindo entre as nuvens.

Assim nos despedimos da Santa Senhora.

E viemos para cá, o Paraíso, onde escrevo à sombra da palmeira, onde canta... quem mesmo? O carcará, ora, uma espécie afeita à aridez do deserto. Ou vocês pensaram que era o sabiá?

Claro: fizemos um puxadinho na beira do Paraíso, mas fora dele. Para receber os amigos, e também para fazer os nossos jantares e almoços, convidando os vizinhos dos oásis mais próximos. É que dentro do Paraíso a gente não sente fome, nem sede, nem necessidade de... bem, vocês sabem, não precisa dizer. E nós gostamos de um churrasquinho, uma berinjela com queijo, um arroz à grega, um vinho, um jantar à luz de velas, uma massagem com óleo de amêndoa, essas coisas. E de nos dar as mãos e viver o nosso amor, Misgodeu e eu, sob o céu de estrelas máximas, estas sob as quais escrevo, aqui *"donde crece la palma"*...

Mas estou convencido de que o Paraíso é aberto a todos. É só procurá-lo.

De fora ficarão os intolerantes, os hipócritas, os homicidas, os contumazes que mentem para si mesmos e para os outros, os que cultuam e fazem publicidade para o orgulho, a vaidade, a inveja, o ódio, e qualquer um que cometa males contra os inocentes, os fracos, oprimidos e deprimidos.

Dentro, os do amor.

Assim mesmo, se algum daqueles tiver arrependimento, que venha. Aqui resplandecem a estrela da manhã e a da tarde, o sol e a lua ao mesmo tempo. E cultuamos a Árvore da Vida e do Bem Comum, porque vivemos na Terra sem Males. Essa árvore é resultado da fusão das copas das antigas Árvore da Vida e Árvore da Ciência do Bem e do Mal. A primeira era mais baixa, mas cresceu tanto que as copas se misturaram e hoje parecem uma palmeira só, com dois troncos. Um tempo atrás aconteceu um verdadeiro milagre. Duas aves ali chegaram e fizeram seu ninho: um corvo preto e uma pomba branca. E as duas ali ficam, se aninhando juntas. E de vez em quando o corvo grita: "Agora e sempre". E a pombinha arrulha e se achega aos braços, quer dizer, às asas dele. A gente vê que elas se amam, em todos os sentidos. Outro dia, ouvimos piados novos naquele ninho. Novas criaturas, nova criação. Como diz o velho ditado, hoje circulando no *cyberspace*: "Não há o que não haja". Até o Paraíso, país do futuro, está em transformação.

A Graça seja com todos vós.

Amém.

COMENTÁRIOS FINAIS

Um livro como este só poderia ser escrito seguindo a tradição bíblica: inspirando-se na releitura dos livros e oralidades anteriores. Devo lições a grandes mestres. Em primeiro lugar, aos textos do Padre Antônio Vieira, para quem a única história importante é a do futuro.

Depois, ao professor Northrop Frye, de quem fui aluno, que mostrou terem sido as Bíblias, as canônicas e as apócrifas, escritas também com humor e ironia. E para serem traduzidas em todas as línguas, registros e linguagens. Também me ensinou que o conceito de "Criador", em todas as línguas e palavras em que seja traduzido, é um Verbo, não um substantivo, porque o Criador é inseparável do ato de Criar, embora as criaturas, depois, possam ter ideias próprias, nem sempre boas. Sendo assim, a "Criação" é a livre conjugação daquele Verbo, em todos os modos e tempos imagináveis e desdobráveis – e mais alguns que não conhecemos ainda. Este livro é apenas mais uma dessas conjugações.

Além das leituras bíblicas, nas versões da Sagrada Escritura para o português, feitas por João Ferreira de Almeida e Jacobus op den Akker no século XVII, e outras, me inspiraram textos vários, de poemas de Camões a canções revolucionárias e trechos de nossas histórias literárias, do nosso e de outros cancioneiros, de Carlos Gomes a Dorival Caymmi, passando por Erasmo Carlos, todos livremente adaptados. Foram particularmente importantes os livros de Isaías, talvez de todos os profetas o mais social e veemente, dono de um estilo ao mesmo tempo eloquente e contido. Penso, livremente, que Isaías tenha sido a maior fonte de inspiração para os evangelistas cristãos, sobretudo Mateus, também o mais social dentre eles. Embora Marcos me pareça o mais direto, Lucas o mais detalhista e João o mais doutrinário e aloprado. Os Atos dos Apóstolos me inspiraram o estilo de algumas passagens. E bebi muito nos Apócrifos, sobretudo no Evangelho segundo Nicodemus (para alguns uma reescrição dos Atos de Pilatos) e no Evangelho segundo Maria [Madalena], a preferida de Jesus, como afirma o extraordinário poema de Catullo da Paixão Cearense. Também me valeram as leituras de Teilhard de Chardin, cujos livros permaneceram durante anos proibidos pelo Vaticano.

Alguns detalhes são importantes. Não inventei o churrasco de Noé. Ele está em Gênesis, 9, 20-22. Se alguém duvidar do confronto entre as mulheres, ao final do livro, é porque não leu direito o Apocalipse de São João Evangelista. Aliás, inventei muito pouco neste livro todo: alguns nomes, nada mais. Apenas li muita coisa, com o espírito aberto. Cruzei as leituras e traduzi tudo para um novo contexto. Exatamente como procederam os escribas dos Manuscritos Canônicos e dos Apócrifos. Também a grafia, a prosódia e a melodia das frases são peculiares, de minha total escolha e responsabilidade: são uma tentativa de respeitar uma das características centrais da linguagem bíblica, do Gênesis ao Apocalipse, que é a de traduzir para um contexto escrito tradições e práticas de um contexto oral, ficando na passagem entre eles.

Sem mais, nem menos.
O Autor

GLOSSÁRIO DE CITAÇÕES E REFERÊNCIAS

Neste glossário anotei apenas as citações mais explícitas e menos conhecidas hoje em dia. Citações ou paródias de versos de Camões, Gonçalves Dias, Fernando Pessoa, Carlos Drummond de Andrade e Castro Alves, por exemplo, dispensam referências. Fiz isso por justiça para com os autores, em vários sentidos. Por exemplo: não raro encontrei alguns dos versos ou frases aqui presentes atribuídos às mais diferentes e disparatadas pessoas.

p. 17 "...e as mulheres na ponta do coração". A referência aqui é uma canção de Lupicínio Rodrigues e Piratini, de 1953, "Cevando o amargo": "Xinoca fugiu de casa/ com meu amigo João./ Bem diz que mulher tem asa/ Na ponta do coração". Ouvi essa canção, pela primeira vez, na interpretação de Luiz Menezes, aí pelos anos 1950.

p. 20 "por mais terras que eu percorra, não permita Deus que eu morra, sem que volte para lááá...". Conforme a "Canção do expedicionário" [da Segunda Guerra Mundial], de Guilherme de Almeida e Spartaco Rossi.

p. 21 "tão longe, de mim distante, onde irá, onde irá, teu pensamento... Quisera saber agora se esqueceste, se esqueceste o juramento... Quem sabe? Pomba inocente, se também te corre o pranto; minh'alma cheia d'amores, te entreguei já neste canto...". Modinha de Carlos Gomes e Bittencourt Sampaio, "Quem sabe?".

p. 35 "Ai, alecrim, alecrim dourado, que nasceu no campo, sem ser semeado...". Sempre ouvi esses versos como parte de uma cantiga popular, vinda de Portugal e semeada no Brasil.

p. 37 "E fez Noé da arca um altar ao Senhor; e tomando de todos os animais, ofereceu-os em holocausto sobre aquele altar. E o Senhor cheirou o suave cheiro, e disse o Senhor em seu coração: Não tornarei mais a amaldiçoar a terra por causa do homem, porque a imaginação do coração do homem é má desde a sua meninice; nem tornarei mais a ferir todo o vivente, como fiz. Enquanto a terra durar, sementeira e sega, e frio e calor, e verão e inverno, e dia e noite, não cessarão!". Bíblia, *Gênesis*, 9, 20-2 (versão de João Ferreira de Almeida, cit.).

p. 39 "Nunca mais!". Edgar Allan Poe, "O corvo".

p. 57 "Se você quer brigar, e acha que com isso estou sofrendo, se enganou, meu bem! Pode vir quente, que eu estou fervendo!". Música de Eduardo Araújo e Carlos Imperial, "Vem quente que eu estou fervendo", com uma interpretação consagrada de Erasmo Carlos no disco *O tremendão*, de 1967.

p. 63 "De pé, ó vítimas da fome!.../ De pé, famélicos da terra!/ Da ideia, a chama já consome/A crosta bruta que a soterra!...". Versão em português da *Internacional*, por Gregório Nazianzeno Moreira de Queirós e Vasconcelos (1878-1923), mais conhecido como Neno Vasco, anarcossindicalista português, feita quando vivia no Brasil, em 1909.

p. 66 "*Avanti popolo, alla riscossa...*". Canto tradicional do movimento operário italiano, registrado, numa versão um pouco modificada, por Carlo Tuzzi, em 1908.

p. 74 "Escravos de Jó...". Velhíssima canção e jogo infantis, de origem desconhecida. Até hoje ninguém sabe direito o que é "caxangá", havendo hipóteses de que se trata de um crustáceo.

p. 96 "Daqui não saio, daqui ninguém me tira...". Da marchinha "Daqui não saio", de Paquito e Romeu Gentil, sucesso do Carnaval de 1950.

p. 103 "Quem está fora que entre..." A referência aqui é "Piston de Gafieira", de Billy Blanco, sucesso de 1959.

p. 106 "*En el tren que va a Madrid...*". De uma velha canção republicana da Guerra Civil Espanhola. Às vezes aparece com o nome de "Si me quieres escribir...", outras vezes, de "Al llegar a Barcelona...". Anônima.

p. 107 "Acarajé, mal viu...". Versos livremente inspirados em "A preta do Acarajé", de Dorival Caymmi.

p. 107-8 "...lindos como a noite que não tem luar". Livremente inspirado em "Índia", guarânia do músico paraguaio José Asunción Flores (1904-1972), com letra de seu conterrâneo Manuel Ortiz Guerrero (1897-1933). Versão brasileira de José Fortuna.

p. 111 "*donde crece la palma...*". Esse verso, presente na famosa "Guantanamera", é de autoria do poeta cubano José Martí (1853-1895) e consta da Poesia I de seu livro *Versos sencillos*, de 1891. A autoria de "Guantanamera" é disputada palmo a palmo, verso a verso, nota a nota, por muita gente. Mas parece que o primeiro a ter posto os versos de Martí numa *guajira* foi o músico e *showman* cubano Joseíto Fernández (1908-1979).

SOBRE O AUTOR

Flávio Aguiar nasceu em Porto Alegre, em 1947. É professor aposentado de Literatura Brasileira da Faculdade de Filosofia, Letras e Ciências Humanas da Universidade de São Paulo (FFLCH/USP), na qual fundou e dirigiu o Centro Ángel Rama. Atualmente, é pesquisador do programa de pós-graduação em Literatura Brasileira da mesma instituição. Orientou mais de quarenta teses e dissertações de doutorado e mestrado. Foi professor convidado e conferencista em universidades no Brasil, Uruguai, Argentina, Canadá, Alemanha, Costa do Marfim e Cuba.

Tem mais de trinta livros publicados, entre os de autoria própria, organizados, editados ou antologias. São obras de crítica literária, ficção e poesia. Participou de várias antologias de poemas e contos no Brasil e no exterior (França, Itália e Canadá).

Ganhou por três vezes o prêmio Jabuti da Câmara Brasileira do Livro: em 1984, na categoria "Ensaio", com sua tese de doutorado *A comédia nacional no teatro de José de Alencar* (Ática, 1984); em 2000, com o romance *Anita* (Boitempo, 1999); e, em 2007, coletivamente, como responsável pela área de literatura da *Latinoamericana: enciclopédia contemporânea da América Latina e do Caribe* (Boitempo, 2006), na categoria "Ciências Humanas" e também como "Livro do Ano de Não Ficção".

Reside atualmente em Berlim, na Alemanha, onde é correspondente para publicações brasileiras.

Este livro, publicado no centenário de nascimento de Jorge Amado, quando também se comemoram 120 anos do nascimento de Graciliano Ramos e 130 anos de Monteiro Lobato, foi composto em Adobe Garamond, corpo 11,5/13,2, e impresso em papel Pólen Soft 80 g/m² na Corprint Gráfica e Editora para a Boitempo Editorial, em novembro de 2012, com tiragem de 1.500 exemplares.